認識日本

檜山千秋
王　　迪　著

鴻儒堂出版社

※本書圖片來源:
《ビジュアルワイド　図説日本史》　東京書籍
《 增補 総合資料日本史》　浜島書店

作者簡介

檜山千秋

1956年東京生。日本語教育學碩士。早稻田大學第一文學部畢業後，曾在臺灣教學。回國後在東京言語研究所繼續深造。在日本長期教導華語圈的留學生，深知華語圈日語學習者的弱點，教學經驗非常豐富。曾任東京語文學院日本語センター講師。
銘傳大學、中華大學、中國文化大學兼任講師。
開南管理學院專任講師。
主要著作：《日語助詞區別使用法》、《認識中國》（合著）等。

王　迪（王　廸）

1949年臺北生。日本御茶之水女子大學大學院人間文化研究科、專攻比較文化學。博士。旅居日本長久，日語造詣深厚。曾任日本學術振興會外國人特別研究員、日本國立埼玉大學、法政大學、兼任講師。
中華大學外文系日語組專任助理教授
開南管理學院專任助理教授
主要著作：《日本における老荘思想の受容》、《初級から中級へ中国語　加油！加油！》、《日語助詞區別使用法》、《認識中國》（合著）等。

前　言

學習日語時，會話的反覆練習是必要的。但是這只不過是日語課程中的會話訓練。其實，對日語學習者來説最重要的是要能與日本人溝通。所謂的溝通，不單是言語層面上的溝通，而是必須深入了解對方所言爲何，所想爲何。

每一個言語者都有他的生長背景，所謂的背景即是家庭、社會、乃至國家。也就是其言語形成的環境。言語者之所言必有他的思考方式，這種思考方式往往取決於他的生活環境。而其成長環境的形成又根據於其長時期的歷史文化演變而來的。亦即每一種語言的形成一定有它的歷史文化背景。因此，每一個語言學習者在學習語言的同時，也有必要瞭解這個國家的歷史文化背景。這就是撰寫本書的主要目的。

爲配合初級下學期到中級以上的日語學習者的程度。本書共爲 15 課，每課均以短篇文章來敘述日本的歷史、文化、思想、宗教、經濟等。至於比較複雜的歷史事件均委諸於註釋的説明。爲了解學習者之文章能力與文章的理解程度，本書各課之後還附有造句與問答練習。

除此之外，使用本書的教師及學習者均可依其所關心之項目繼續檢討，作更深一步的研究。

檜山千秋
王　　迪

目　次

第《だい》1《いっ》課《か》　日本《にほん》の黎明期《れいめいき》……1
第《だい》2《に》課《か》　大和時代《やまとじだい》……9
第《だい》3《さん》課《か》　奈良時代《ならじだい》……19
第《だい》4《よん》課《か》　平安時代《へいあんじだい》……27
第《だい》5《ご》課《か》　鎌倉時代《かまくらじだい》……37
第《だい》6《ろっ》課《か》　室町時代《むろまちじだい》……46
第《だい》7《なな》課《か》　戦国時代《せんごくじだい》……55
第《だい》8《はち》課《か》　江戸時代《えどじだい》……63
第《だい》9《きゅう》課《か》　明治時代《めいじじだい》……71
第《だい》10《じゅっ》課《か》　大正時代《たいしょうじだい》……79
第《だい》11《じゅういっ》課《か》　昭和時代《しょうわじだい》……87
第《だい》12《じゅうに》課《か》　日本《にほん》の思想《しそう》……95
第《だい》13《じゅうさん》課《か》　日本《にほん》の宗教《しゅうきょう》……103
第《だい》14《じゅうよん》課《か》　日本《にほん》の文学《ぶんがく》……109
第《だい》15《じゅうご》課《か》　日本《にほん》の経済《けいざい》……117
年表……125
歴代内閣……136

第《だいいっか》1課　日本《にほん》の黎明期《れいめいき》

日本《にほん》の文化《ぶんか》の痕跡《こんせき》[1]は旧石器時代《きゅうせっきじだい》[2]、紀元前《きげんぜん》[3]1万年以上前《いちまんねんいじょうまえ》に遡《さかのぼ》る[4]。時代区分《じだいくぶん》では縄文時代《じょうもんじだい》[5]といわれ、晩期《ばんき》には農耕《のうこう》も行《おこな》われたが、食料《しょくりょう》は採集《さいしゅう》が主《しゅ》であった。縄文式土器《じょうもんしきどき》[6]は世界最古《せかいさいこ》の土器《どき》である。この縄文時代《じょうもんじだい》は約1万年続《やくいちまんねんつづ》いたが、次《つぎ》の農耕《のうこう》を主《しゅ》とする弥生《やよい》時代《じだい》[7]は僅《わず》か[8]数百年《すうひゃくねん》しか続《つづ》かなかった。農耕時代《のうこうじだい》が極端《きょくたん》に[9]短《みじか》いのが日本《にほん》の特色《とくしょく》である(註 1)。弥生時代《やよいじだい》には青銅器《せいどうき》や鉄器《てっき》が使用《しよう》され、銅鐸《どうたく》・銅剣《どうけん》・銅鉾《どうほこ》・銅戈《どうか》などが製造《せいぞう》された。

日本《にほん》の国家形成期《こっかけいせいき》には未《いま》だ不明《ふめい》な所《ところ》がある。中国《ちゅうごく》の「漢書地理《かんじょちり》誌《し》」によれば、紀元前《きげんぜん》にはすでに[10]大陸《たいりく》と交流《こうりゅう》があったというが、長《なが》い間《あいだ》、小国乱立状態《しょうこくらんりつじょうたい》[11]にあり、紀元三世紀頃《きげんさんせいきころ》に九州《きゅうしゅう》で統《とう》一《いつ》へ向《む》かう抗争《こうそう》[12]が始《はじ》まって[13]いたことが「後漢書東夷伝《ごかんじょとういでん》」、「魏《ぎ》志倭人伝《しわじんでん》」に記《しる》さ[14]れている(註 2)。統一的《とういつてき》[15]な王朝《おうちょう》[16]である大和《やまと》朝廷《ちょうてい》は四世紀半《よんせいきなか》ば頃《ころ》に出現《しゅつげん》したと言《い》われ(註 3)、これが現在《げんざい》の皇室《こうしつ》の先祖《せんぞ》[17]であるが、かなり古《ふる》い時期《じき》から中国《ちゅうごく》と交流《こうりゅう》があり、漢字《かんじ》を含《ふく》めた中国文化《ちゅうごくぶんか》が紀元前《きげんぜん》から日本《にほん》に伝《つた》わって[18]いたことは確《たし》か[19]である（註4）。

大和《やまと》朝廷《ちょうてい》は初期《しょき》には巨大墳墓《きょだいふんぼ》を造成《ぞうせい》し、中《なか》でも仁徳天皇陵《にんとくてんのうりょう》は総《そう》面積《めんせき》世界《せかい》最大《さいだい》の陵墓《りょうぼ》[20]である。国内《こくない》では北方《ほっぽう》に版図《はんと》[21]を広《ひろ》げ、朝《ちょう》鮮半島《せんはんとう》にも積極的《せっきょくてき》[22]に進出《しんしゅつ》して[23]いた。五世紀《ごせいき》には「倭《わ》の五王《ごおう》[24]」が南朝《なんちょう》[25]の晋《しん》などに使節《しせつ》を送《おく》り、爵位《しゃくい》を要求《ようきゅう》して[26]いる。

だが、日本《にほん》は大陸《たいりく》と海《うみ》を隔《へだ》てて[27]いるので、中国《ちゅうごく》との交流《こうりゅう》は多《おお》くの場合《ばあい》、間接的《かんせつてき》[28]だった。そのため、中国文化《ちゅうごくぶんか》の影響《えいきょう》は受《う》けても政治的《せいじてき》には独立《どくりつ》[29]していた。

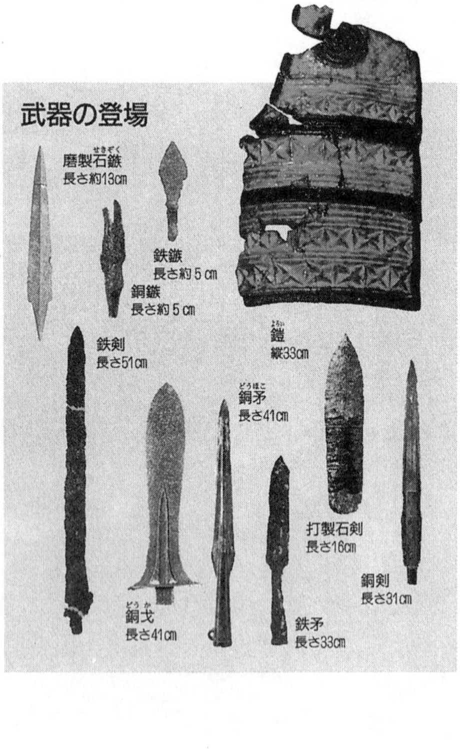

「漢委奴国王《かんのわのなの》」の金印

新出単語《しんしゅつたんご》

1. 痕跡《こんせき》　〔名〕 痕跡
2. 旧石器時代《きゅうせっきじだい》　〔名詞句〕舊石器時代
3. 紀元前《きげんぜん》　〔名〕公元前
4. 遡《さかのぼ》る　〔動〕追溯
5. 縄文時代《じょうもんじだい》　〔名〕繩文時代
6. 土器《どき》　〔名〕土器
7. 弥生時代《やよいじだい》　〔名〕彌生時代
8. 僅《わず》か　〔形動〕僅，少，一點點
9. 極端《きょくたん》に　〔副〕極端
10. すでに　〔副〕已經
11. 小国乱立状態《しょうこくらんりつじょうたい》　〔名詞句〕小國林立狀態
12. 抗争《こうそう》　〔名・動／スル〕鬥爭
13. 始《はじ》まる　〔動〕開始
14. 記《しる》す　〔動〕記載
15. 統一的《とういつてき》　〔形動〕統一的
16. 王朝《おうちょう》　〔名〕王朝
17. 先祖《せんぞ》　〔名〕祖先
18. 伝《つた》わる　〔動〕傳來
19. 確《たし》か　〔形動〕確實
20. 陵墓《りょうぼ》　〔名〕陵墓

21. 版図《はんと》　〔名〕版圖

22. 積極的《せっきょくてき》　〔形動・副詞／に〕積極的

23. 進出《しんしゅつ》する　〔動〕進入

24. 倭《わ》の五王《ごおう》　〔名詞句〕據《宋書》記載；讚、珍、齊、興、武五王。

25. 南朝《なんちょう》　〔名〕南朝

26. 要求《ようきゅう》する　〔動〕要求

27. 隔《へだ》てる　〔動〕隔開

28. 間接的《かんせつてき》　〔形動・副詞／に〕間接的

29. 独立《どくりつ》する　〔動〕獨立

註釈《ちゅうしゃく》

1. 最近《さいきん》の研究《けんきゅう》では、弥生時代《やよいじだい》はさらに五百年《ごひゃくねん》遡《さかのぼ》るという。

2.「魏志倭人伝《ぎしわじんでん》」によれば、日本《にほん》に邪馬台国《やまたいこく》（「やまたい」ではなく、「やまと」と読《よ》む説《せつ》もあり、もしそうなら後《のち》の大和朝廷《やまとちょうてい》と関係《かんけい》があると考《かんが》えられる）という国《くに》があり、卑弥呼《ひみこ》という女王《じょおう》が「鬼道《きどう》を以《もっ》て」統治《とうち》していたという。これは小国《しょうこく》の一《ひと》つだが、この邪馬《やま》台国《たいこく》の位置《いち》について、学界《がっかい》では異論《いろん》があるものの、九州《きゅうしゅう》にあったという意見《いけん》が大勢《たいせい》を占《し》めている。

3．大和朝廷《やまとちょうてい》の位置《いち》のについても、畿内《きない》（関西《かんさい》）説《せつ》と九州説《きゅうしゅうせつ》の二《ふた》つがある。もし畿内説《きないせつ》が正《ただ》しいなら、大和朝廷《やまとちょうてい》は四世紀半《よんせいきなか》ば頃《ころ》に日本《にほん》をほぼ掌握《しょうあく》していたことになるが、もし九州説《きゅうしゅうせつ》が正《ただ》しいなら、四世紀半《よんせいきなか》ばに至《いた》ってもまだ地方政権《ちほうせいけん》に過《す》ぎないことになり、日本《にほん》の国家形成時期《こっかけいせいじき》が異《こと》なって来《く》る。

4．漢書地理誌《かんじょちりし》には「夫《そ》れ楽浪海中《らくろうかいちゅう》に倭人《わじん》有《あ》り、分《わ》かれて百余国《ひゃくよこく》をなす。歳時《さいじ》を以《もっ》て来《きた》り献見《けんけん》すといふ」という記述《きじゅつ》がある。

重要文型《じゅうようぶんけい》

1. ～に遡《さかのぼ》る

①中国《ちゅうごく》の歴史《れきし》は夏王朝《かおうちょう》に遡《さかのぼ》る。

②空手《からて》の源流《げんりゅう》は少林寺拳法《しょうりんじけんぼう》に遡《さかのぼ》る。

2. ～という

①彼《かれ》は博士号《はくしごう》を持《も》っているという。

②生姜《しょうが》は風邪《かぜ》に効《き》くという。

3. ～所《ところ》がある

①彼《かれ》の様子《ようす》にはおかしい所《ところ》がある。

②田中先生《たなかせんせい》は厳《きび》しいけれど、優《やさ》しい所《ところ》がある。

4. ～ことは確《たし》かである、～のは確《たし》かである

①彼《かれ》が犯人《はんにん》であることは確《たし》かである。

②鈴木《すずき》さんが悪《わる》いのは確《たし》かである。

5. 未《いま》だ～、未《いま》だに～

①日本経済《にほんけいざい》は未《いま》だ不況《ふきょう》から立《た》ち直《なお》れていない。

②彼《かれ》は未《いま》だにお母《かあ》さんと寝《ね》ている。

練習《れんしゅう》

1. 重要文型《じゅうようぶんけい》を参考《さんこう》にして、短文《たんぶん》を作《つく》りなさい。

(1) ～に遡《さかのぼ》る

(2) ～という

(3) ～所《ところ》がある

(4) ～なことは確《たし》かである、のは確《たし》かである

(5) 未《いま》だ～、未《いま》だに～

2. 次《つぎ》の質問《しつもん》に日本語《にほんご》で答《こた》えなさい。

(1) 日本《にほん》で一番古《いちばんふる》い時代《じだい》は何時代《なにじだい》ですか。

(2) 日本《にほん》で農耕《のうこう》はいつから始《はじ》まりましたか。

(3) 日本《にほん》で二番目《にばんめ》に古《ふる》い時代《じだい》は何時代《なにじだい》ですか。

(4) 日本《にほん》と中国《ちゅうごく》の交流《こうりゅう》はいつ頃《ごろ》からですか。

(5) 日本《にほん》の国家形成期《こっかけいせいき》はいつ頃《ごろ》ですか。

(6) 中国《ちゅうごく》の歴史書《れきししょ》によれば、三世紀頃《さんせいきごろ》の日本《にほん》はどんな状態《じょうたい》でしたか。

(7) 日本《にほん》の統一王朝《とういつおうちょう》の名前《なまえ》は何《なん》ですか。

(8) 日本《にほん》の統一王朝《とういつおうちょう》はいつ頃出現《ごろしゅつげん》しましたか。

(9) 五世紀《ごせいき》に日本《にほん》は中国《ちゅうごく》にどんな爵位《しゃくい》を要求《ようきゅう》しましたか。

(10) 日本《にほん》は中国《ちゅうごく》と政治的《せいじてき》にどんな関係《かんけい》でしたか。

第2課《だいにか》　大和時代《やまとじだい》

長《なが》い間混乱《あいだこんらん》[1]の続《つづ》いた[2]中国《ちゅうごく》に統一王朝《とういつおうちょう》の隋《ずい》が誕生《たんじょう》したが、僅《わず》か三十年《さんじゅうねん》で強大《きょうだい》な[3]唐《とう》が取《と》って代《か》わった[4]。この動《うご》き[5]に呼応《こおう》して[6]日本国内《にほんこくない》でも中央集権国家形成《ちゅうおうしゅうけんこっかけいせい》を目指《めざ》す[7]動《うご》きが現《あらわ》れた[8]。仏教《ぶっきょう》[9]受《う》け入《い》れ[10]を巡《めぐ》り[11]、二大豪族《にだいごうぞく》[12]の蘇我氏《そがし》と物部氏《もののべし》の争《あらそ》い[13]が起《お》こった[14]が、崇仏派《すうぶつは》[15]の蘇我氏《そがし》が勝利《しょうり》し、日本《にほん》は仏教《ぶっきょう》とこれに付随《ふずい》する[16]世界的知識《せかいてきちしき》を受《う》け入《い》れることになった（註1）。

蘇我氏《そがし》と共《とも》に国政改革《こくせいかいかく》に当《あ》たった聖徳太子《しょうとくたいし》は冠位十二階《かんいじゅうにかい》（註2）を定《さだ》め、憲法十七条《けんぽうじゅうしちじょう》（註3）を制定《せいてい》[17]して国《くに》の基《もとい》[18]を定《さだ》めた[19]。対外的《たいがいてき》[20]には隋《ずい》の煬帝《ようだい》に対等《たいとう》[21]の立場《たちば》を主張《しゅちょう》する国書《こくしょ》を送《おく》った（註4）が、その一方《いっぽう》[22]で日本《にほん》は630年《ねん》から遣唐使《けんとうし》を派遣《はけん》して大陸《たいりく》の先進文化《せんしんぶんか》を積極的《せっきょくてき》に取《と》り入《い》れた[23]。

聖徳太子《しょうとくたいし》が亡《な》くなった後《あと》、再《ふたた》び[24]蘇我氏《そがし》の専横《せんおう》が始《はじ》まったが、645年《ねん》、中大兄皇子《なかえおおえのおうじ》が中臣鎌足《なかとみのかまたり》（註5）と共《とも》に蘇我氏《そがし》を排除《はいじょ》して[25]大化《たいか》の改新《かいしん》を断行《だんこう》[26]すると、中央集権国家《ちゅうおうしゅうけんこっか》に向《む》け[27]て体制《たいせい》[28]作《づく》り[29]が始《はじ》まった。皇子《おうじ》は全《すべ》て[30]の土地《とち》を国有化《こくゆうか》し[31]、全国《ぜんこく》の戸籍《こせき》を作成《さくせい》して六歳以上《ろくさいいじょう》の良民《りょうみん》[32]男女《だんじょ》に土地《とち》を与《あた》えた[33]。これを班田収受《はんでんしゅうじゅ》34と言《い》い、政府《せいふ》はこれによって税金《ぜいきん》を確保《かくほ》しようとした。その後《あと》、皇位継承者《こういけいしょうしゃ》35争《あらそ》い（壬申《じんしん》の乱《らん》）に勝利《しょうり》した大海人皇《おおあまのおう》子《じ》が天武天皇《てんむてんのう》とし即位《そくい》し、法典《ほうてん》を編纂《へんさん》して中央官制《ちゅうおうかんせい》の整備《せいび》に着《ちゃく》手《しゅ》した（註6）。続《つづ》く持統天皇《じとうてんのう》も天武天皇《てんむてんのう》の政策《せいさく》を継承《けいしょう》した36（註7）。

対外的《たいがいてき》には663年《ねん》白村江《はくすきのえ》の戦《たたか》いで日本《にほん》・百済《くだら》37軍《ぐん》は唐《とう》・新羅軍《しらぎぐん》38に敗れた39ため、日本《にほん》は朝鮮半島《ちょうせんはんとう》から撤退《てったい》して国内《こくない》の政治改《せいじかい》革《かく》に専念《せんねん》40することになった。

この時代《じだい》、政権《せいけん》を担当《たんとう》41していたのは皇族《こうぞく》と貴族《きぞく》だったが、貴《き》族《ぞく》の多《おお》くは大化《たいか》の改新以前《かいしんいぜん》からの中央豪族《ちゅうおうごうぞく》であった。彼《かれ》らは数《かず》々《かず》の特典《とくてん》42を持《も》ち、律令制実現《りつりょうせいじつげん》の障害《しょうがい》43となっていた。そのため、彼《かれ》らの影響力《えいきょうりょく》の少《すく》ない土地《とち》に遷都《せんと》する必要性《ひつようせい》44ができたのである。

◎隋の煬帝《ようだい》　第2代皇帝。607年，小野妹子が持参した国書の「日出づる処の天子…」という対等外交的な表現に激怒したという。

▲聖徳太子二王子像（伝）　太子像として伝えられているが，この人物（中央）は聖徳太子と無関係という説もある。

新出単語《しんしゅつたんご》

1. 混乱《こんらん》　〔名〕混亂
2. 続《つづ》く　〔動〕繼續
3. 強大《きょうだい》な　〔形動〕強大，強盛
4. 取《と》って代《か》わる　〔動〕取代
5. 動《うご》き　〔名〕動作，行動
6. 呼応《こおう》する　〔動〕呼應
7. 目指《めざ》す　〔動〕以…爲目標
8. 現《あらわ》れる　〔動〕出現，出來
9. 仏教《ぶっきょう》　〔名〕佛教
10. 受《う》け入《い》れる　〔動〕收進
11. 巡《めぐ》る　〔動〕圍繞
12. 豪族《ごうぞく》　〔名〕豪族
13. 争《あらそ》う　〔動〕爭
14. 起《お》こる　〔動〕發生
15. 崇仏派《すうぶつは》　〔名〕崇佛派
16. 付随《ふずい》する　〔動〕付隨
17. 制定《せいてい》する　〔動〕制定

18. 基《もとい》　〔名〕基礎

19. 定《さだ》める　〔動〕制定

20. 対外的《たいがいてき》　〔形動〕對外的

21. 対等《たいとう》　〔名〕對等

22. 一方《いっぽう》　〔名〕一方面

23. 取《と》り入《い》れる　〔動〕引進

24. 再《ふたた》び　〔副〕再

25. 排除《はいじょ》する　〔動〕排除

26. 断行《だんこう》する　〔動〕斷然實行

27. 向《む》ける　〔動〕向

28. 体制《たいせい》　〔名〕體制

29. ～作《づく》り　〔接尾辞〕～之舉

30. 全《すべ》て　〔名／副〕全部

31. 国有《こくゆう》化《か》する　〔動〕收歸國有

32. 良民《りょうみん》　〔名〕良民

33. 与《あた》える　〔動〕給

34. 班田収受《はんでんしゅうじゅ》　〔名〕均田收受

35. 継承者《けいしょうしゃ》　〔名〕繼承者

36. 継承《けいしょう》する　〔動〕繼承

37. 百済軍《くだらぐん》　〔名〕百濟軍

38. 新羅軍《しらぎぐん》　〔名〕新羅軍

39. 敗《やぶ》れる　〔動〕敗，敗北

40. 専念《せんねん》する　〔動〕一心一意

41. 担当《たんとう》する　〔動〕擔任

42. 特典《とくてん》　〔名〕優惠

43. 障害《しょうがい》　〔名〕障礙

44. 必要性《ひつようせい》　〔名〕必要性，必須的

註釈《ちゅうしゃく》

1. 蘇我氏《そがし》と物部氏《もののべし》の争《あらそ》いは皇位継承者争《こういけいしょうしゃあらそ》いで頂点《ちょうてん》に達《たっ》した。結局《けっきょく》、蘇我馬子《そがのうまこ》が物部守屋《もののべのもりや》を滅《ほろ》ぼし、馬子《うまこ》の頂《いただ》く崇俊天皇《すしゅんてんのう》が即位《そくい》したが、天皇《てんのう》は馬子《うまこ》の専横《せんおう》を嫌《きら》うようになられ、馬子《うまこ》と対立《たいりつ》なされたため暗殺《あんさつ》されたと言《い》われる。
2. 徳《とく》・仁《じん》・礼《れい》・信《しん》・義《ぎ》・智《ち》を大小《だいしょう》に分《わ》けて１２の冠位名《かんいめい》とした。従来《じゅうらい》の氏姓制度《しせいせいど》が世襲制《せしゅうせい》だったのに対《たい》し、一代限《いちだいかぎ》りで昇進《しょうしん》もできた。聖徳太子《しょうとくたいし》はこれによって氏姓制度《しせいせいど》を打破《だは》し、人材登用《じんざいとうよう》を図《はか》ったのである。

3. 成文法《せいぶんほう》ではあるが、法律《ほうりつ》というより道徳的規範《どうとくてききはん》である。和《わ》を尊《とうと》ぶことから始《はじ》まり、仏《ぶつ》・法《ほう》・僧《そう》を信《しん》じること、天皇《てんのう》を崇拝《すうはい》すること、独断《どくだん》を禁止《きんし》して必《かなら》ず衆《しゅう》と談義《だんぎ》すること等《など》を説《と》いている。

4. 大業三年《たいごうさんねん》、其《そ》の王多利思比孤《おうたりしひこ》、使《し》を遣《つか》はして朝貢《ちょうこう》す。(中略《ちゅうりゃく》) 其《そ》の国書《こくしょ》に曰《いわ》く、「日出《ひい》づる処《ところ》の天子《てんし》、書《しょ》を日没《ひぼっ》する処《ところ》の天子《てんし》に致《いた》す。恙無《つつがな》きや云云《うんぬん》」と。帝《みかど》、之《これ》を覧《み》て悦《よろこ》ばず、鴻臚卿《こうろきょう》に謂《い》ひて曰《い》はく、「蛮夷《ばんい》の書《しょ》、無礼《ぶれい》なるものあり、復《また》た以《もっ》て聞《ぶん》する勿《なか》れ」と。—隋《ずい》書倭国伝《しょわこくでん》—

5. 中臣鎌足《なかとみのかまたり》はこの功績《こうせき》によって、「藤原《ふじわら》」の姓《せい》を与《あた》えられた。貴族《きぞく》・藤《ふじ》原氏《わらし》の元祖《がんそ》である。藤原氏《ふじわらし》の中《なか》で最有力《さいゆうりょく》となったのは藤原北家《ふじわらほっけ》であり、後《のち》に近衛《このえ》・鷹司《たかつかさ》・九条《くじょう》・二条《にじょう》・一条《いちじょう》の五《いつ》つに分《わ》かれたので、「五摂家《ごせっけ》」と言《い》われる。近衛家《このえけ》はその筆頭《ひっとう》であり、昭和《しょうわ》の首相《しゅしょう》・近衛文麿《このえふみまろ》は近衛家《このえけ》の家長《かちょう》であると共《とも》に全藤原氏《ぜんふじわらし》の家長《かちょう》でもあった。

6. 天智天皇《てんじてんのう》は土地国有制度《とちこくゆうせいど》を原則《げんそく》としていたが、一部《いちぶ》には例外《れいがい》を認《みと》められていた。天武天皇《てんむてんのう》は土地国有化《とちこくゆうか》を徹底《てってい》するために政策《せいさく》を行《おこな》われたとされている。

7. 持統天皇《じとうてんのう》は天武天皇《てんむてんのう》の皇后《こうごう》であらせられた。女帝《じょてい》であらせられるが、この時代《じだい》、日本《にほん》に女帝《じょてい》は珍《めずら》しくなかった。聖徳太子《しょうとくたいし》の時代《じだい》の推古天《すいこてん》皇《のう》も女帝《じょてい》であらせられ、他《ほか》にも元明天皇《げんめいてんのう》、元正天皇《げんしょうてんのう》、また皇極天皇《こうぎょくてんのう》は斉明天皇《さいめいてんのう》として、孝謙天皇《こうけんてんのう》は称徳天皇《しょうとくてんのう》として重祚《ちょうそ》された。

重《じゅう》要《よう》文《ぶん》型《けい》

1. ～に取《と》って代《か》わる

① 彼《かれ》は社長《しゃちょう》に取《と》って代《か》わった。

② コンピューターはすぐにワープロに取《と》って代《か》わった。

2. ～を目《め》指《ざ》す

① 私《わたし》は医者《いしゃ》を目《め》指《ざ》します。

② 我々《われわれ》は頂上《ちょうじょう》を目《め》指《ざ》して山道《やまみち》を歩《ある》いた。

3. ～を巡《めぐ》って

① 兄弟《きょうだい》たちは遺産《いさん》を巡《めぐ》って争《あらそ》った。

② 党首《とうしゅ》の責任問題《せきにんもんだい》を巡《めぐ》って激論《げきろん》が戦《たたか》わされた。

4. ～ことになった

① 大変《たいへん》なことになった。

② 大臣《だいじん》は失言《しつげん》で辞任《じにん》することになった。

5. 一方《いっぽう》では

① 彼《かれ》は家族《かぞく》を大切《たいせつ》にしていたが、一方《いっぽう》では浮気《うわき》をしていた。

② 新《あたら》しい法案《ほうあん》が可決《かけつ》されたが、一方《いっぽう》では時期尚早《じきそうしょう》の意見《いけん》もあった。

6. ～に着手《ちゃくしゅ》する

① ようやく新《あたら》しい工事《こうじ》に着手《ちゃくしゅ》した。

② 会社《かいしゃ》は新規《しんき》顧《こ》客《きゃく》開拓《かいたく》計画《けいかく》に着手《ちゃくしゅ》した。

7．～に専念《せんねん》する

① 定年退職後《ていねんたいしょくご》、教授《きょうじゅ》は盆栽作《ぼんさいづく》りに専念《せんねん》した。

② 彼《かれ》は学問《がくもん》に専念《せんねん》した。

練習

1．重要文型《じゅうようぶんけい》を参考《さんこう》にして、短文《たんぶん》を作《つく》りなさい。

（1）～に取《と》って代《か》わる

（2）～を目《め》指《ざ》す

（3）～を巡《めぐ》って

（4）～ことになった

（5）一方《いっぽう》では

(6) ～に着手《ちゃくしゅ》する

(7) ～に専念《せんねん》する

2. 次《つぎ》の質問《しつもん》に日本語《にほんご》で答《こた》えなさい。

(1) 唐朝成立後《とうちょうせいりつご》、日本《にほん》にはどんな動《うご》きが現《あらわ》れましたか。

(2) 当時《とうじ》、日本《にほん》の二大豪族《にだいごうぞく》は誰《だれ》と誰《だれ》ですか。

(3) 二大豪族《にだいごうぞく》の内《うち》、崇仏派《すうぶつは》は誰《だれ》ですか。

(4) 聖徳太子《しょうとくたいし》の国内政策《こくないせいさく》は何《なん》ですか。

(5) 聖徳太子《しょうとくたいし》の対外政策《たいがいせいさく》はどうでしたか。

(6) 645年《ねん》の日本《にほん》の国内改革《こくないかいかく》は何《なん》ですか。

(7) 国内改革《こくないかいかく》の実行者《じっこうしゃ》は誰《だれ》と誰《だれ》ですか。

(8) 日本《にほん》はどんな土地政策《とちせいさく》を行《おこな》いましたか。

(9) 皇位継承争《こういけいしょうあらそ》いの勝利者《しょうりしゃ》は誰《だれ》ですか。

(10) 当時《とうじ》の対外戦争《たいがいせんそう》は何《なん》ですか。

第《だい》3課《さんか》　奈良時代《ならじだい》

710年《ねん》に元明天皇《げんめいてんのう》は人心一新《じんしんいっしん》[1]のために平城京《へいじょうきょう》に遷都《せんと》すると、律令国家経営《りつりょうこっかけいえい》を進《すす》めて行《い》った[2]。元明天皇《げんめいてんのう》と次《つぎ》の元正天皇《げんしょうてんのう》は女帝《じょてい》だったので、藤原鎌足《ふじわらのかまたり》の子《こ》藤原不比等《ふじわらのふひと》が補佐《ほさ》[3]した。このことが藤原氏《ふじわらし》の台頭《たいとう》[4]を招《まね》き[5]、皇族《こうぞく》との間《あいだ》で政争《せいそう》が生《しょう》じた（註 1）。

政府《せいふ》は耕地増加《こうちぞうか》を図《はか》って[6]百万町歩《ひゃくまんちょうぼ》[7]の開墾計画《かいこんけいかく》[8]を発表《はっぴょう》した[9]が、成果《せいか》が見《み》られ[10]ないために三世一身法《さんぜいっしんほう》を出《だ》した。これは期限付《きげんつ》き[11]で土地《とち》の私有《しゆう》を許《ゆる》す[12]法《ほう》だが、後《のち》に[13]墾田永年私財法《こんでんえいねんしざいほう》（註 2）を出《だ》して土地国有化《とちこくゆうか》の原則《げんそく》を自《みずか》ら[14]破《やぶ》って[15]しまった。そのため、有力貴族《ゆうりょくきぞく》や大寺院《だいじいん》に土地《とち》が集中《しゅうちゅう》して[16]、私有地《しゆうち》である「荘園《しょうえん》」が成立《せいりつ》した[17]。

聖武天皇《しょうむてんのう》は儒教的政治《じゅきょうてきせいじ》から仏教主義《ぶっきょうしゅぎ》の政治《せいじ》に方向変換《ほうこうへんかん》して、仏教《ぶっきょう》の功徳《くどく》によって 政争《せいそう》や天災《てんさい》[18]から国《くに》を守《まも》り[19]（鎮護国家《ちんごこっか》[20]の思想《しそう》）、人心《じんしん》を安定《あんてい》させようとして、741年《ねん》に国分寺建立《こくぶんじこんりゅう》の詔《みことのり》[21]を出《だ》した[22]。さらに743年《ねん》には盧舎那大仏造立《るしゃなだいぶつぞうりゅう》[23]の詔《みことのり》を出《だ》した。

孝謙天皇《こうけんてんのう》はその後《あと》を受《う》けて[24]仏教政治《ぶっきょうせいじ》[25]を推進《すいしん》して[26]行《い》ったが、藤原不比等《ふじわらのふひと》の孫《まご》・仲麻呂《なかまろ》を親任《しんにん》したため、仲麻呂《なかまろ》が勢力《せいりょく》を振《ふ》るう27ようになった。仲麻呂《なかまろ》は仏教政治《ぶっきょうせいじ》を廃《はい》して28儒教政治《じゅきょうせいじ》を行《おこな》ったが、僧道鏡《そうどうきょう》が寵愛《ちょうあい》29されると、急速《きゅうそく》30に失墜《しっつい》31して行った。道鏡《どうきょう》は法王《ほうおう》32となって仏教政治《ぶっきょうせいじ》を進《すす》めたが、天皇《てんのう》の位《くらい》を狙《ねら》った33ため反発《はんぱつ》34を呼《よ》び35（註3）、貴族《きぞく》たちによって追放《ついほう》36された。以後《いご》、皇族《こうぞく》に代《か》わって37藤原氏《ふじわらし》を代表《だいひょう》とする貴族《きぞく》が勢力《せいりょく》を持《も》つようになった。

◀東大寺盧舎那仏像《とうだいじるしゃなぶつぞう》　聖武《しょうむ》天皇が鎮護《ちんご》国家の考えのもとにつくらせた銅造・鍍金《ときん》の大仏。752（天平勝宝《てんぴょうしょうほう》4）年に開眼供養《かいげんくよう》された。たびかさなる火災で天平期のものは膝部と台座の蓮弁《れんべん》の一部だけとなった。頭部・胴部は江戸時代の再造。　像高14.7m　奈良県　国

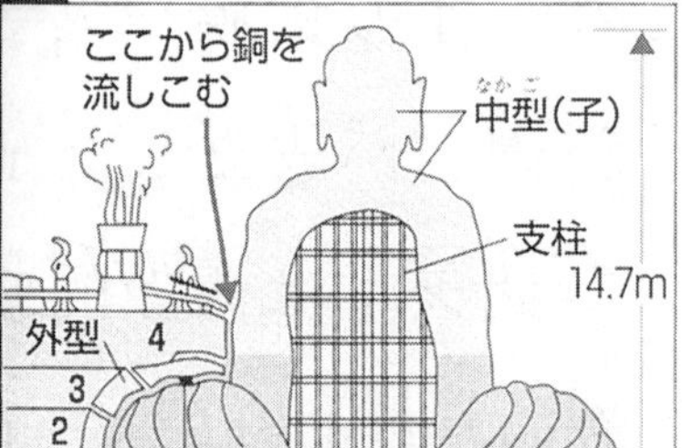

大仏は，下から8回に分けて鋳型《いがた》を組みたて，銅を流しこんでつくられた。

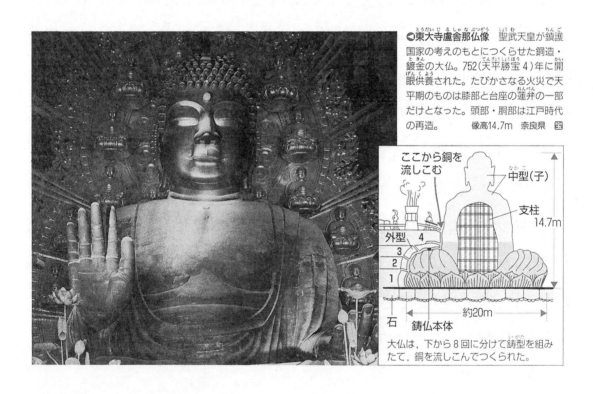

新《しん》出《しゅつ》単《たん》語《ご》

1．人心一新《じんしんいっしん》　〔名〕振刷民心

2．進《すす》めて行《い》く　〔動〕推進

3．補佐《ほさ》する　〔動〕輔佐

4．台頭《たいとう》　〔名〕抬頭

5．招《まね》く　〔動〕招致

6．図《はか》る　〔動〕圖謀

7．百万町歩《ひゃくまんちょうぼ》

8．計画《けいかく》　〔名〕計劃

9．発表《はっぴょう》する　〔動〕發表

10．見《み》られる　〔複合動詞〕能確認

11．期《き》限《げん》付《つ》き　〔名〕限期

12．許《ゆる》す　〔動〕許可

13．後《のち》に　〔副〕其後

14．自《みずか》ら　〔副〕親自

15．破《やぶ》る　〔動〕違反

16．集中《しゅうちゅう》する　〔動〕集中

17．成立《せいりつ》する　〔動〕成立

18. 天災《てんさい》　〔名〕天災

19. 守《まも》る　〔動〕保衛

20. 鎮護国家《ちんごこっか》　〔名〕鎮護國家

21. 詔《みことのり》　〔名〕詔

22. 出《だ》す　〔動〕降

23. 造立《ぞうりゅう》　〔名〕興建

24. 受《う》ける　〔動〕接續

25. 仏教政治《ぶっきょうせいじ》　〔名〕佛教政治

26. 推進《すいしん》する　〔動〕推進

27. 振《ふ》るう　〔動〕行使

28. 廃《はい》する　〔動〕廢黜

29. 寵愛《ちょうあい》する　〔動〕寵愛

30. 急速《きゅうそく》に　〔副〕迅速

31. 失墜《しっつい》する　〔動〕降低，喪失

32. 法王《ほうおう》　〔名〕法王

33. 狙《ねら》う　〔動〕謀取

34. 反発《はんぱつ》　〔名〕反對

35. 呼《よ》ぶ　〔動〕招致

36. 追放《ついほう》する　〔動〕放逐

37. 代《か》わる　〔動〕代替

註釈《ちゅうしゃく》

1. 藤原不比等《ふじわらのふひと》は大宝律令《たいほうりつりょう》・養老律令《ようろうりつりょう》の法典整備《ほうてんせいび》に尽力《じんりょく》し、娘《むすめ》を天皇《てんのう》の後宮《こうぐう》に入《い》れて地位《ちい》を築《きず》いて行《い》った。不比等《ふひと》の死後《しご》、不比等《ふひと》の政治《せいじ》に批判的《ひはんてき》だった長屋王《ながやおう》が台頭《たいとう》して来《き》たが、謀略《ぼうりゃく》によって失脚《しっきゃく》した。

2. 墾田永年私財法《こんでんえいねんしざいほう》は自分《じぶん》で開墾《かいこん》した土地《とち》は永久《えいきゅう》に私有《しゆう》してよいという法《ほう》だが、身分《みぶん》によって開墾面積《かいこんめんせき》に制限《せいげん》があった。

3. 道鏡《どうきょう》が「道鏡《どうきょう》を皇位《こうい》につけたら天下《てんか》は太平《たいへい》になる」という宇佐《うさ》八幡宮《はちまんぐう》の神託《しんたく》があったと奏上《そうじょう》したため、称徳天皇《しょうとくてんのう》は宇佐八幡宮《うさはちまんぐう》に和気清麻呂《わけのきよまろ》を派遣《はけん》した。しかし清麻呂《きよまろ》は「日本《にほん》には古来《こらい》から君臣《くんしん》の別《べつ》があり、無道《むどう》のものは速《すみ》やかに除《のぞ》くように」という神託《しんたく》があったと奏上《そうじょう》した。そのため、清麻呂《きよまろ》は道鏡《どうきょう》の怒《いか》りを買《か》い、別部《わけべの》穢麻呂《けがれまろ》と改名《かいめい》されられて大隅国《おおすみこく》(今《いま》の九州南部《きゅうしゅうなんぶ》)へ流《なが》された。

重要文型《じゅうようぶんけい》

1. ～を進《すす》めて行《い》く

① 部隊《ぶたい》を進《すす》めて行《い》った。

② 新素材《しんそざい》の研究《けんきゅう》を進《すす》めて行《い》った。

2. ～が生《しょう》じた

① 深刻《しんこく》な事態《じたい》が生《しょう》じた。

② 刑事《けいじ》の胸《むね》に新《あら》たな疑念《ぎねん》が生《しょう》じた。

3. ～を図《はか》って

① 会社乗《かいしゃの》っ取《と》りを図《はか》って、株《かぶ》を買《か》い占《し》めた。

② 事態改善《じたいかいぜん》を図《はか》って公的資金《こうてきしきん》が投入《とうにゅう》された。

4. ～てしまった

① 遅刻《ちこく》してしまった。

② 困《こま》ったことになってしまった。

5. ～に方向転換《ほうこうてんかん》する

① 彼《かれ》は日本文学《にほんぶんがく》から中国文学《ちゅうごくぶんがく》に方向転換《ほうこうてんかん》した。

② 閉鎖経済《へいさけいざい》から開放経済《かいほうけいざい》に方向転換《ほうこうてんかん》した。

6. ～を狙《ねら》う

① この次《つぎ》の試験《しけん》では一番《いちばん》を狙《ねら》うよ。

② 逆転勝訴《ぎゃくてんしょうそ》を狙《ねら》う。

7. ～に追放《ついほう》される

① 鈴木《すずき》さんはライバルに会社《かいしゃ》から追放《ついほう》された。

② 彼《かれ》は陰謀《いんぼう》によって政界《せいかい》から追放《ついほう》された。

8. ～に代《か》わって

① 社長《しゃちょう》に代《か》わって、私《わたし》がご挨拶《あいさつ》申《もう》し上《あ》げます。

② 小渕恵三《おぶちけいぞう》に代《か》わって、小泉純一郎《こいずみじゅんいちろう》が新《あたら》しい首相《しゅしょう》になった。

練習

1. 重要文型《じゅうようぶんけい》を参考《さんこう》にして、短文《たんぶん》を作《つく》りなさい。

（1）～を進《すす》めて行《い》く

（2）～が生《しょう》じた

（3）～を図《はか》って

（4）～てしまった

（5）～に方向転換《ほうこうてんかん》する

（6）～を狙《ねら》う

(7) ～に追放《ついほう》される

(8) ～に代《か》わって

2. 次《つぎ》の質問《しつもん》に日本語《にほんご》で答《こた》えなさい。

(1) 元明天皇《げんめいてんのう》はどこに遷都《せんと》しましたか。

(2) 元明天皇《げんめいてんのう》はどうして遷都《せんと》しましたか。

(3) 藤原氏《ふじわらし》が天皇《てんのう》を補佐《ほさ》したため、どうなりましたか。

(4) 政府《せいふ》は最初《さいしょ》、どんな土地計画《とちけいかく》を出《だ》しましたか。

(5) その後《ご》、どんな法《ほう》を制定《せいてい》しましたか。

(6) 政府《せいふ》が土地国有化《とちこくゆうか》の原則《げんそく》を破《やぶ》った結果《けっか》、どうなりましたか。

(7) 聖武天皇《しょうむてんのう》はどうして仏教政治《ぶっきょうせいじ》を行《おこな》いましたか。

(8) 孝謙天皇《こうけんてんのう》が藤原仲麻呂《ふじわらなかまろ》を信任《しんにん》して、どうなりましたか。

(9) 道鏡《どうきょう》はどんな政治《せいじ》を行《おこな》いましたか。

(10) 道鏡《どうきょう》が排除《はいじょ》された後《あと》、どうなりましたか。

第4課《だいよんか》　平安時代《へいあんじだい》

794年《ねん》桓武《かんむ》天皇《てんのう》は平安京《へいあんきょう》に遷都《せんと》すると、律令制《りつりょうせい》の再建《さいけん》[1]に乗《の》り出《だ》した[2]。その動《うご》きの中《なか》で台頭《たいとう》したのは藤原氏《ふじわらし》だった。藤原氏《ふじわらし》は天皇《てんのう》の外戚《がいせき》としての地位《ちい》を固《かた》める[3]と、摂政《せっしょう》[4]（天皇《てんのう》が幼少時《ようしょうじ》の後見役《こうけんやく》[5]）・関白《かんぱく》[6]（天皇《てんのう》が成人後《せいじんご》の後見役《こうけんやく》）として勢力《せいりょく》を振《ふ》るい、他氏《たし》を排除《はいじょ》して行《い》った（註 1）。これを摂関政治《せっかんせいじ》という。藤原氏《ふじわらし》による摂関政治《せっかんせいじ》は11世紀後半《せいきこうはん》まで続《つづ》き、次第に《しだい》[7]藤原氏《ふじわらし》の家督相続《かとくそうぞく》[8]をめぐって内部《ないぶ》が起《お》こるようになったが、道長《みちなが》・頼道《よりみち》の時代《じだい》に最盛期《さいせいき》を迎《むか》えた[9]（註 2）。だが、長年《ながねん》[10]続《つづ》いた藤原氏《ふじわらし》の専横《せんおう》は律令体制《りつりょうたいせい》[11]を揺《ゆ》るがし[12]、地方政治《ちほうせいじ》も乱《みだ》れて[13]行《い》った。荘園《しょうえん》[14]は年貢免除《ねんぐめんじょ》[15]・警察権《けいさつけん》[16]拒否《きょひ》[17]などの特権《とっけん》[18]を得《え》て（註 3）、独立性《どくりつせい》を強《つよ》めて[19]行《い》った。そして、荘園《しょうえん》をるために領主《りょうしゅ》は武士団《ぶしだん》を作《つく》った。これら武士団《ぶしだん》は地方《ちほう》の有力豪族《ゆうりょくごうぞく》の下《もと》に集《あつ》まり、勢力《せいりょく》を拡《かく》大《だい》して[20]行《い》った。

894年《ねん》遣唐使《けんとうし》廃絶《はいぜつ》[21]が決《き》まる[22]と、以後日本《いごにほん》は中国《ちゅうごく》から影響《えいきょう》を受《う》けることなく国風文化《こくふうぶんか》を醸成《じょうせい》[23]して行《い》ったが、長《なが》い平和《へいわ》の後《あと》、各地《かくち》に大規模《だいきぼ》な反乱《はんらん》[24]が起《お》こっても、貴族《きぞく》たちにはそれらを鎮圧《ちんあつ》する25力《ちから》がなかった。実際《じっさい》に26鎮圧《ちんあつ》したのは政府《せいふ》に軍《ぐん》事《じ》・警察権《はいさつけん》を委任《いにん》された27武士団《ぶしだん》であった。武士《ぶし》たちはこれらの活躍《かつやく》28を通《とお》して29自《みずか》ら30の力《ちから》を自覚《じかく》31していった（註4）。その中《なか》でも源氏《げんじ》と平氏《へいし》が頭角《とうかく》32を現《あらわ》した33（註5）。12世紀半《せいきなか》ばに、天皇家《てんのうけ》、藤原氏《ふじわらし》、源氏《げんじ》、平氏《へいし》が敵味方《てきみかた》34に分《わ》かれて35戦《たたか》う36保《ほう》元《げん》・平治《へいじ》の乱《らん》が起《お》こり、この抗争《こうそう》に勝利《しょうり》した平清盛《たいらのきよもり》が天皇《てんのう》の外《がい》戚《せき》になって政権《せいけん》を掌握《しょうあく》した37。だが、源頼朝《みなもとのよりとも》を中心《ちゅうしん》とする源《げん》氏《じ》が反撃《はんげき》に出《で》て平氏《へいし》を滅《ほろ》ぼし38（註6）、次《つ》いで39奥州征伐《おうしゅうせいばつ》を行《おこな》って全国《ぜんこく》を平定《へいてい》した。ここに於《お》いて武士《ぶし》が実権《じっけん》40を握《にぎ》る41ようになったのである。

◉平がなと片かな

お	え	う	い	あ	オ	エ	ウ	イ	ア
於	衣	宇	以	安	於	江	宇	伊	阿
於	衣	宇	以	安	於	エ	宇	イ	阝
お	え	う	い	あ	オ		ウ		ア
お	え	う	い	あ			ウ		ア

解説 それまで日本には固有の文字がなかったが，平安初期に漢字をもとに**表音文字**がつくられ，用いられはじめた。万葉がなの草書体を簡略化した**平がな**や，漢字の扁《へん》・旁《つくり》・冠《かんむり》などの一部をとった**片かな**である。初めは，ひとつの音にいくつもの字体があったが，11世紀初めには整理・統一され，五十音図も成立した。

◉女性による文学の誕生

解説 女房《にょうぼう》として宮廷に仕える中・下級貴族の才能ある女性たちが，見聞した貴族の生活やみずからの宮廷体験を**かな**で表現するようになった。こうして**紫式部**《むらさきしきぶ》の『**源氏**《げんじ》**物語**』や**清少納言**《せいしょうなごん》の『**枕草子**《まくらのそうし》』などが生まれた。また，回想録の性格をもった**日記**の傑作の多くも，宮廷女性の手になるものだった。

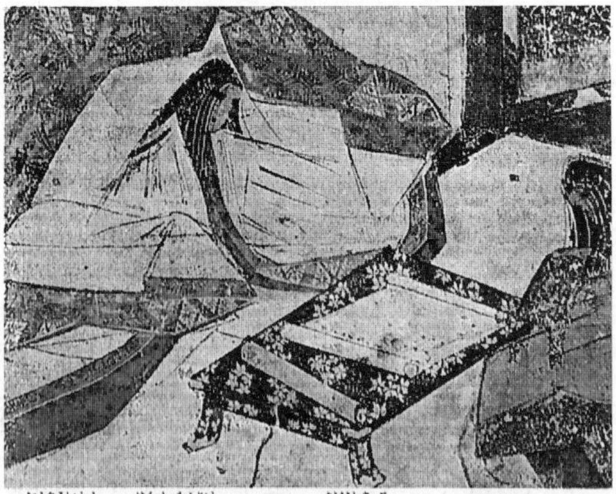

△中宮彰子《ちゅうぐうしょうし》**に『白氏文集**《はくしもんじゅう》**』を講義する紫式部**《むらさきしきぶ》（紫式部日記絵巻）　式部はその高い教養と知性を道長《みちなが》にかわれて，道長の娘彰子に仕えた。後宮では，中宮《ちゅうぐう》や才能ある女房を中心に文学サロンが花開いた。

新出単語《しんしゅつたんご》

1．再建《さいけん》　〔名・動／する〕重新，重建

2．乗《の》り出《だ》す　〔動〕積極從事

3．固《かた》める　〔動〕鞏固

4．摂政《せっしょう》　〔名〕攝政

5．後見役《こうけんやく》　〔名〕監護的人

6．関白《かんぱく》　〔名〕關白

7．次第《しだい》に　〔副〕逐漸

8．家督相続《かとくそうぞく》　〔名〕戶主的地位和財產的繼承

9．迎《むか》える　〔動〕來到

10．長年《ながねん》　〔副〕多年

11．体制《たいせい》　〔名〕體制

12．揺《ゆ》るがす　〔動〕搖動

13．乱《みだ》れる　〔動〕紊亂

14．荘園《しょうえん》　〔名〕莊園

15．年貢免除《ねんぐめんじょ》　〔複合名詞〕免除地租

16．警察権《けいさつけん》　〔名〕警察權

17．拒否《きょひ》　〔名・動／する〕拒絕

18. 特権《とっけん》　〔名〕 特權

19. 強《つよ》める　〔動〕増強

20. 拡大《かくだい》する　〔動〕擴大

21. 廃絶《はいぜつ》　〔名・動／する〕廢棄

22. 決《き》まる　〔動〕決定

23. 醸成《じょうせい》する　〔動〕釀成

24. 反乱《はんらん》　〔名〕叛亂

25. 鎮圧《ちんあつ》する　〔動〕鎮壓

26. 実際《じっさい》に　〔副〕實際

27. 委任《いにん》する　〔動〕委任

28. 活躍《かつやく》　〔名・動／する〕活躍

29. 通《とお》す　〔動〕通過

30. 自《みずか》ら　〔副〕自己

31. 自覚《じかく》する　〔動〕自覺

32. 頭角《とうかく》　〔名〕頭角

33. 現《あらわ》す　〔動〕露出

34. 敵味方《てきみかた》　〔複合名詞〕敵人和我方

35. 分《わ》かれる　〔動〕分開　，分別

36. 戦《たたか》う　〔動〕打仗

37. 掌握《しょうあく》する　〔動〕掌握

38. 滅《ほろ》ぼす　〔動〕使滅亡，消滅

39. 次《つ》いで　〔副〕接著

40. 実権《じっけん》　〔名〕實權

41. 握《にぎ》る　〔動〕掌握

註釈《ちゅうしゃく》

1. 藤原不比等《ふじわらのふひとい》以後《ご》、藤原氏《ふじわらし》は四家《よんけ》に分《わ》かれた。その内《うち》の北家《ほっけ》が台頭《たいとう》し、政変《せいへん》を起《お》こして他氏《たし》を排除《はいじょ》した。北家《ほっけ》の勢力《せいりょく》を開《ひら》いたのは藤原冬嗣《ふじわらのふゆつぐ》だが、その子《こ》・良房《よしふさ》は842年承和《ねんじょうわ》の変《へん》で伴健岑《とものこわみね》と橘逸勢《たちばなのはやなり》を排斥《はいせき》し、866年応天門《ねんおうてんもん》の変《へん》で大納言《だいなごん》の伴善男《とものよしお》を追放《ついほう》し、良房《よしふさ》の子《こ》・基経《もとつね》は888年阿衡事件《ねんあこうじけん》で橘広相《たちばなのひろなり》を難詰《なんきつ》した。基経《もとつね》の子《こ》・時平《ときひら》は901年《ねん》に右大臣《うだいじん》の菅原道真《すがわらのみちざね》を讒言《ざんげん》によって失脚《しっきゃく》させた。その後《ご》、醍醐《だいご》・村上天皇《むらかみてんのう》による延喜《えんぎ》・天暦《てんりゃく》の治《ち》が続《つづ》くが、時平《ときひら》の子《こ》・実頼《さねより》は969年《ねん》に安和《あんな》の変《へん》で左大臣《さだいじん》の源高明《みなもとのたかあき》を左遷《させん》させた。

2. 藤原道長《ふじわらのみちなが》は四人《よにん》の娘《むすめ》を天皇《てんのう》の后妃《こうひ》とした。後一条天皇《ごいちじょうてんのう》、後朱雀天皇《ごすざくてんのう》、後冷泉天皇《ごれいぜいてんのう》はその外孫《がいそん》である。道長《みちなが》の子《こ》・頼道《よりみち》はこれらの天皇《てんのう》の代《だい》に50余年《よねん》に渡《わた》って摂政《せっしょう》・関白《かんぱく》を独占《どくせん》した。道長《みちなが》は法成寺《ほうじょうじ》に隠《いん》退《たい》したので「御堂関白《みどうかんぱく》」と呼《よ》ばれ、頼道《よりみち》は宇治《うじ》に平等院《びょうどういん》を建《た》てたので「宇治関白《うじかんぱく》」と呼《よ》ばれた。

3. 年貢免除《ねんぐめんじょ》の特権《とっけん》は「不輸《ふゆ》」、警察権拒否《けいさつけんきょひ》の特権《とっけん》は「不入《ふにゅう》」と言《い》われた。

4. 10世紀前半《せいきぜんはん》に、日本《にほん》の東西《とうざい》でほぼ同時《どうじ》に大規模《だいきぼ》な乱《らん》が起《お》こった。東《ひがし》では平将門《たいらのまさかど》が関東全域《かんとうぜんいき》を支配《しはい》して「新皇《しんのう》」と称《しょう》し、西《にし》では藤原純友《ふじはらのすみとも》が海賊《かいぞく》として跋扈《ばっこ》した。将門《まさかど》は平国香《たいらのくにか》と押領使《おうりょうし》・藤原秀郷《ふじわらのひでさと》が倒《たお》し、純友《すみとも》は追捕使《ついぶし》の小野好古《おののよしふる》と源経基《みなもとのつねもと》が打《う》ち破《やぶ》った。

5. 武士団《ぶしだん》の統率者《とうそつしゃ》は「棟梁《とうりょう》」と呼《よ》ばれた。源氏《げんじ》と平氏《へいし》はその中《なか》でも有力集団《ゆうりょくしゅうだん》であった。

6. 最初《さいしょ》に京都《きょうと》を占領《せんりょう》して平氏《へいし》を追放《ついほう》したのは源義仲《みなもとのよしなか》である。義仲《よしなか》は木曾山中《きそさんちゅう》で育《そだ》ち、木曾義仲《きそよしなか》と呼《よ》ばれた。そのため、礼儀作法《れいぎさほう》を知《し》らず、京都《きょうと》の貴族《きぞく》たちから不評《ふひょう》を買《か》い、同族《どうぞく》の源義経《みなもとのよしつね》に討《う》たれた。

重要文型《じゅうようぶんけい》

1. ～に乗《の》り出《だ》した

① 新社長《しんしゃちょう》は会社再建《かいしゃさいけん》に乗《の》り出《だ》した。

② 余裕《よゆう》ができたので、多角経営《たかくけいえい》に乗《の》り出《だ》した。

2. ～ようになった

① 日本語《にほんご》が話《はな》せるようになった。

② 国会《こっかい》で自由《じゆう》に発言《はつげん》できるようになった。

3. ～を強《つよ》めて行《い》く

① 社長《しゃちょう》は独裁色《どくさいしょく》を強《つよ》めて行《い》った。

② 部長《ぶちょう》は社内《しゃない》で勢力《せいりょく》を強《つよ》めて行《い》った。

4. ～ことなく

① 彼《かれ》は自《みずか》らは姿《すがた》を現《あらわ》すことなく陰《かげ》で政界《せいかい》を操《あやつ》っていた。

② 佐藤《さとう》さんは何《なん》ら失敗《しっぱい》することなく出世《しゅっせ》した。

5. 頭角《とうかく》を現《あらわ》す

① 彼《かれ》は営業職《えいぎょうしょく》につくとめきめき頭角《とうかく》を現《あらわ》した。

② 優《すぐ》れた人《ひと》はどこにいても頭角《とうかく》を現《あらわ》す。

6. ～を委任《いにん》された

① 大使《たいし》は全権《ぜんけん》を委任《いにん》された。

② 代表権《だいひょうけん》を委任《いにん》された。

7. ここに於《お》いて～

① ここに於《お》いて、事業《じぎょう》は頓挫《とんざ》してしまった。

② ここに於《お》いて、彼《かれ》との溝《みぞ》は決定的《けっていてき》になった。

練習《れんしゅう》

1. 重要文型《じゅうようぶんけい》を参考《さんこう》にして、短文《たんぶん》を作《つく》りなさい。

(1) ～に乗《の》り出《だ》した

(2) ～ようになった

(3) ～を強《つよ》めて行《い》く

(4) ～ことなく

(5) 頭角《とうかく》を現《あらわ》す

(6) ～を委任《いにん》された

(7) ここに於《お》いて

2. 次《つぎ》の質問《しつもん》に日本語《にとくご》で答《こた》えなさい。

(1) 桓武天皇《かんむてんのう》は平安京《へいあんきょう》に遷都《せんと》した後《あと》、どうしましたか。

(2) 藤原氏《ふじわらし》はどうやって地位《ちい》を固《かた》めましたか。

(3) 摂政《せっしょう》とは何《なに》ですか。

(4) 関白《かんぱく》とは何《なに》ですか。

(5) 藤原氏《ふじわらし》による政治《せいじ》を何《なに》と言《い》いますか。

(6) 藤原氏《ふじわらし》による政治《せいじ》が続《つづ》いて、日本《にほん》はどうなりましたか。

(7) 領主《りょうしゅ》はどうして武士団《ぶしだん》を作《つく》りましたか。

(8) 武士団《ぶしだん》はどうして大《おお》きくなりましたか。

(9) 保元《ほうげん》・平治《へいじ》の乱《らん》はどんな乱《らん》でしたか。

(10) 最後《さいご》に勝《か》ったのは誰《だれ》ですか。

第5課《だいごか》　鎌倉時代《かまくらじだい》

1192年《ねん》源《みなもとの》頼朝《よりとも》が鎌倉《かまくら》に幕府《ばくふ》1を開《ひら》き、日本《にほん》に初《はじ》めて2武家政権《ぶけせいけん》が誕生《たんじょう》した。鎌倉幕府《かまくらばくふ》はご恩《おん》3と奉公《ほうこう》4によって直属《ちょくぞく》5の家《か》臣《しん》・御家人《ごけにん》6と主従関係《しゅじゅうかんけい》を結《むす》び7、武士《ぶし》の力《ちから》を浸透《しんとう》8させて行《い》った。だが、三代将軍《さんだいしょうぐん》・実朝《さねとも》の時代《じだい》に家臣《かしん》の北条氏《ほうじょうし》が幕府《ばくふ》の実権《じっけん》を奪《うば》った9（註 1）。その後《ご》、貴族《きぞく》が政権奪還《せいけんだっかん》10を狙《ねら》って挙兵《きょへい》した11が、失敗《しっぱい》して仲恭天皇《ちゅうきょうてんのう》が廃《はい》され、後堀川天皇《ごほりかわてんのう》が立《た》て12られた（註 2）。北条氏《ほうじょうし》は傀儡《かいらい》13の将軍《しょうぐん》を立《た》てて執権《しっけん》14として政治《せいじ》を指導《しどう》したので、執権政治《しっけんせいじ》と呼《よ》ばれる15（註 3）。鎌倉幕府《かまくらばくふ》は1274年《ねん》、1281年《ねん》と二度《にど》に渡《わた》る16中国《ちゅうごく》の侵略《しんりゃく》を阻止《そし》したが、これらの侵《しん》略《りゃく》で経済《けいざい》17の基盤《きばん》18は大《おお》きく揺《ゆ》らいだ19。また、当時《とうじ》20貨幣経済《かへいけいざい》が浸透《しんとう》して21出費《しゅっぴ》22が増《ふ》えて23御家人《ごけにん》が窮乏《きゅうぼう》24し、幕府《ばくふ》も衰退《すいたい》25して行《い》った。この状況《じょうきょう》を見《み》て、後醍醐天皇《ごだいごてんのう》は反北条氏勢力《はんほうじょうしせいりょく》を使《つか》って鎌倉幕府《かまくらばくふ》を滅《ほろ》ぼし、「建武《けんむ》の新政《しんせい》」を断行《だんこう》して貴族政権《きぞくせいけん》を復《ふっ》活《かつ》26させた。だが、貴族《きぞく》を優遇《ゆうぐう》27し、実際《じっさい》に倒幕《とうばく》28の力《ちから》になった武士《ぶし》に対《たい》する恩賞《おんしょう》29が不十分《ふじゅうぶん》30だったので、武士《ぶし》たちの不満《ふまん》が増大《ぞうだい》した。足利尊氏《あしかがたかうじ》はこれらの不満分子《ふまんぶんし》をまとめて反乱《はんらん》を起《お》こし、京都《きょうと》を支配《しはい》31して後醍醐天皇《ごだいごてんのう》を廃《はい》し、光明天皇《こうみょうてんのう》を立《た》てた(註4)。しかし、後醍醐天皇《ごだいごてんのう》は吉野《よしの》に逃《のが》れて32皇位《こうい》の正当性《せいとうせい》33を主張《しゅちょう》した。ここに京都《きょうと》の朝廷《ちょうてい》(北朝《ほくちょう》)と吉野《よしの》の朝廷《ちょうてい》(南朝《なんちょう》)が対立《たいりつ》し34、合縦連衡《がっしょうれんこう》35を繰《く》り返《かえ》し36ながら抗争《こうそう》を繰《く》り広《ひろ》げる37ことになった(註5)。この時代《じだい》、地方《ちほう》では守護大名《しゅごだいみょう》が成長《せいちょう》し、領《りょう》国内《ごくない》の武士《ぶし》を家臣団《かしんだん》に組《く》み込《こ》んで38年貢《ねんぐ》の徴収《ちょうしゅう》39をも行《おこな》い、地《ち》方領主化《ほうりょうしゅか》して行《い》った。この支配体制《しはいたいせい》を守護領国制《しゅごりょうごくせい》と呼《よ》ぶ。地方《ちほう》分権《ぶんけん》、並《なら》びに40地方独立《ちほうどくりつ》の兆《きざ》し41が現《あらわ》れたのである。

◭源頼朝《みなもとのよりとも》(1147～99)　伊豆《いず》で流人《るにん》生活を送っていた頼朝は，34歳のとき平氏打倒にたちあがり，平氏滅亡ののち鎌倉に幕府を開いた。この肖像画は，藤原隆信《たかのぶ》が描いた似絵《にせえ》の傑作(頼朝像ではないとする説もある)。　神護寺　京都府　国

▷後醍醐《ごだいご》天皇(1288～1339)

新《しん》出《しゅつ》単《たん》語《ご》

1．開《ひら》く　〔動〕開

2．初《はじめ》めて　〔副〕初次

3．ご恩《おん》　〔名〕恩賜

4．奉公《ほうこう》　〔名・動／する〕效勞

5．直属《ちょくぞく》　〔名〕直屬

6．御家人《ごけにん》　〔名〕家臣

7．結《むす》ぶ　〔動〕結合

8．浸透《しんとう》する　〔動〕滲透

9．奪《うば》う　〔動〕奪

10．奪還《だっかん》　〔名・動／する〕奪回

11．挙兵《きょへい》する　〔動〕舉兵

12．立《た》てる　〔動〕立（皇位）

13．傀儡《かいらい》　〔名〕傀儡

14．執権《しっけん》　〔名〕輔佐將軍的執政官

15．呼《よ》ぶ　〔動〕叫

16．渡《わた》る　〔動〕歷經

17．経済《けいざい》　〔名〕經濟

18. 基盤《きばん》 〔名〕底座

19. 揺《ゆ》らぐ 〔動〕動搖

20. 当時《とうじ》 〔名〕當時

21. 浸透《しんとう》する 〔動〕滲透

22. 出費《しゅっぴ》 〔名〕費用

23. 増《ふ》える 〔動〕增加

24. 窮乏《きゅうぼう》する 〔動〕貧窮

25. 衰退《すいたい》する 〔動〕衰退

26. 復活《ふっかつ》する 〔動〕復活

27. 優遇《ゆうぐう》する 〔動〕優待

28. 倒幕《とうばく》 〔名〕打倒幕府

29. 恩賞《おんしょう》 〔名〕賞賜

30. 不十分《ふじゅうぶん》 〔副〕不完全

31. 支配《しはい》する 〔動〕統治

32. 逃《のが》れる 〔動〕逃出

33. 正当性《せいとうせい》 〔名〕合法化

34. 対立《たいりつ》する 〔動〕對立

35. 合縦連衡《がっしょうれんこう》 〔名〕合縱連衡

36. 繰《く》り返《かえ》す 〔動〕反復

37. 繰《く》り広《ひろ》げる　〔名〕展開

38. 組《く》み込《こ》む　〔動〕編入

39. 徴収《ちょうしゅう》　〔名・動／する〕徵收

40. 並《なら》びに　〔副〕和

41. 兆《きざ》し　〔名〕徵兆

註釈《ちゅうしゃく》

1. 北条氏《ほうじょうし》は平氏《へいし》の家臣《かしん》であったが、源頼朝《みなもとのよりとも》が伊豆《いず》に流《なが》された時《とき》に監視役《かんしやく》になっていた。だが、北条時政《ほうじょうときまさ》の娘《むすめ》・政子《まさこ》を娶《めと》ったため、頼朝《よりとも》を援助《えんじょ》するようになった。時政《ときまさ》は頼朝《よりとも》の死後《しご》、野望《やぼう》を見《み》せ始《はじ》めた。政子《まさこ》と謀《はか》って二代将軍《にだいしょうぐん》・頼家《よりいえ》を幽閉《ゆうへい》して謀殺《ぼうさつ》し、宿敵《しゅくてき》を排除《はいじょ》して行《い》った。三代将軍実朝《さんだいしょうぐんさねとも》は頼家《よりいえ》の子《こ》・公暁《くぎょう》に殺《ころ》され、北条氏《ほうじょうし》は幕府《ばくふ》の実権《じっけん》を握《にぎ》った。

2. これは承久《じょうきゅう》の乱《らん》と呼《よ》ばれ、武士《ぶし》が天皇《てんのう》の進退《しんたい》を決定《けってい》したことは、権力《けんりょく》が完全《かんぜん》に武士《ぶし》に移《うつ》っていたことを示《しめ》している。

3. 将軍《しょうぐん》とは武士《ぶし》の最高地位《さいこうちい》・征夷大将軍《せいいたいしょうぐん》のことだが、北条氏《ほうじょうし》が将軍《しょうぐん》になることはなかった。当時《とうじ》、武士《ぶし》の棟梁《とうりょう》は源氏《げんじ》の家系《かけい》でなければならないという習慣《しゅうかん》があり、平家《へいけ》の家系《かけい》である北条氏《ほうじょうし》は将軍《しょうぐん》になれなかったのである。だが、北条氏《ほうじょうし》が執権《しっけん》として政権《せいけん》を支配《しはい》したことは、権力《けんりょく》の存在《そんざい》が天皇《てんのう》から貴族《きぞく》、将軍《しょうぐん》、その家臣《かしん》と、下《した》に向《む》かって行《い》ったことを現《あらわ》している。

4. 足利氏《あしかがし》は源氏《げんじ》の家系《かけい》であったので将軍《しょうぐん》になれた。また、中世《ちゅうせい》の名《めい》将《しょう》・楠 正成《くすのきまさしげ》が活躍《かつやく》したのはこの時《とき》の戦《たたか》いである。楠 正成《くすのきまさしげ》は南朝《なんちょう》に付《つ》き、変幻自在《へんげんじざい》の戦略《せんりゃく》で足利軍《あしかがぐん》を翻弄《ほんろう》したが、湊川《みなとがわ》の戦《たたか》いで戦《せん》死《し》した。この時《とき》、正成《まさしげ》・正行親子《まさつらおやこ》は「七生報国《しちしょうほうこく》」の言葉《ことば》を残《のこ》している。

5. この合従連衡《がっしょうれんこう》は極《きわ》めて複雑《ふくざつ》であり、反乱《はんらん》の首謀者《しゅぼうしゃ》・足利尊氏自身《あしかがたかうじじしん》が南朝《なんちょう》に投降《とうこう》したこともあった。

重要文型《じゅうようぶんけい》

1. ～は揺《ゆ》らいだ

① 知《し》らせを聞《き》いて、彼《かれ》の心《こころ》は大《おお》きく揺《ゆ》らいだ。

② バブル崩壊《ほうかい》で日本経済《にほんけいざい》の基盤《きばん》が揺《ゆ》らいだ。

2. ～状況《じょうきょう》を見《み》て…

① きちんと状況《じょうきょう》を見《み》て判断《はんだん》しなさい。

② 土地価格暴落《とちかかくぼうらく》の状況《じょうきょう》を見《み》て、彼《かれ》は不動産会社《ふどうさんがいしゃ》を辞《や》めた。

3. ～を主張《しゅちょう》した

① 新《あたら》しい社長《しゃちょう》は経営《けいえい》の多角化《たかくか》を主張《しゅちょう》した。

② 専務《せんむ》は部長《ぶちょう》の罷免《ひめん》を主張《しゅちょう》した。

4. ～を繰《く》り広《ひろ》げることになった

① 社長《しゃちょう》の後継者《こうけいしゃ》の座《ざ》を巡《めぐ》って、彼《かれ》らは血《ち》みどろの抗争《こうそう》を繰《く》り広《ひろ》げることになった。

② 新《あたら》しい経営戦略《けいえいせんりゃく》を繰《く》り広《ひろ》げることになった。

5. ～兆《きざ》しが現《あらわ》れた

① 日本経済《にほんけいざい》が好転《こうてん》する兆《きざ》しが現《あらわ》れた。

② 大地震《だいじしん》の兆《きざ》しが現《あらわ》れた。

練習《れんしゅう》

1. 重要文型《じゅうようぶんけい》を参考《さんこう》にして、短文《たんぶん》を作《つく》りなさい。

（1）～は揺《ゆ》らいだ

（2）～状況《じょうきょう》を見《み》て…

（3）～を主張《しゅちょう》した

（4）～を繰《く》り広《ひろ》げることになった

（5）～の兆《きざ》しが現《あらわ》れた

2. 次《つぎ》の質問《しつもん》に日本語《にほんご》で答《こた》えなさい。

（1）鎌倉幕府《かまくらばくふ》はどんな政権《せいけん》でしたか。

（2）鎌倉幕府《かまくらばくふ》はどうやって家臣《かしん》・御家人《ごけにん》と主従関係《しゅじゅうかんけい》を結《むす》びましたか。

(3) 北条氏《ほうじょうし》の政治体制《せいじたいせい》を何《なん》と呼《よ》びますか。

(4) 北条氏《ほうじょうし》の時《とき》、どんな事件《じけん》が起《お》こりましたか。

(5) 鎌倉幕府《かまくらばくふ》はどうして衰退《すいたい》しましたか。

(6) どうして建武《けんむ》の新政《しんせい》はすぐ失敗《しっぱい》しましたか。

(7) 建武《けんむ》の新政《しんせい》に反乱《はんらん》を起《お》こしたのは誰《だれ》ですか。

(8) 後醍醐天皇《ごだいごてんのう》は吉野《よしの》に逃《に》げて、どうしましたか。

(9) 地方《ちほう》ではどんな動《うご》きがありましたか。

(10) 守護大名《しゅごだいみょう》の支配体制《しはいたいせい》を何《なん》と呼《よ》びますか。

第《だい》6課《ろっか》　室町時代《むろまちじだい》

室町幕府成立期《むろまちばくふせいりつき》には異論《いろん》[1]があるが、幕府《ばくふ》の地位《ちい》が安定《あんてい》したのは1378年《ねん》三代将軍《さんだいしょうぐん》・足利義満《あしかがよしみつ》が京都《きょうと》の室町《むろまち》に「花《はな》の御所《ごしょ》[2]」と呼《よ》ばれる新邸《しんてい》[3]を作《つく》ってからである。1392年《ねん》、義満《よしみつ》は南北朝《なんぼくちょう》を統一《とういつ》させると、幕府《ばくふ》の権力《けんりょく》を確立《かくりつ》するために有力《ゆうりょく》な守護大名《しゅごだいみょう》を討《う》ち[4]、皇室《こうしつ》に接近《せっきん》して太政大臣《だじょうだいじん》（註1）に任《にん》ぜられた[5]。経済政策《けいざいせいさく》としては、明《みん》と貿易《ぼうえき》をするために明《みん》に対《たい》して臣下《しんか》の礼《れい》を取《と》り、「日本国王臣源《にほんこくおうしんみなもと》」と名乗《なの》った[6]。だが、中国《ちゅうごく》に臣下《しんか》の礼《れい》を取《と》ったことが国内《こくない》の反発《はんぱつ》を呼《よ》び、4代将軍《よんだいしょうぐん》・義持《よしもち》が対明貿易《たいみんぼうえき》を廃止《はいし》した。然《しか》し、六代将軍義教《ろくだいしょうぐんよしのり》の時代《じだい》に対明貿易《たいみんぼうえき》を復活《ふっかつ》[7]させた（註2）。

この時代《じだい》、倭寇《わこう》と呼《よ》ばれる海賊《かいぞく》が跋扈《ばっこ》した（註3）。朝鮮《ちょうせん》は1419年《ねん》に倭寇《わこう》の本拠地《ほんきょち》[8]の対馬《つしま》を攻撃《こうげき》したが、日本《にほん》を攻撃《こうげき》する意図《いと》[9]はなかったので、日朝貿易《にっちょうぼうえき》は続《つづ》けられた[10]。

室町時代《むろまちじだい》は各階層《かくかいそう》の人々《ひとびと》が交流《こうりゅう》するようになり、それに伴《ともな》って[11]社会組織《しゃかいそしき》が大《おお》きく変質《へんしつ》[12]した（註4）。特《とく》に農村《のうそん》では「惣《そう》」とか「惣村《そうむら》」とか呼《よ》ばれる自治組織《じちそしき》が発達《はったつ》した[13]。惣《そう》の指導者《どうしゃ》は有力《ゆうりょく》な名主《なぬし》[14]であり、彼《かれ》らを中心《ちゅうしん》とする「寄合《よりあい》[15]」によって運営《うんえい》[16]されていた。後《のち》には惣《そう》が年貢《ねんぐ》を請《う》け負《お》う[17]制度《せいど》（註5）が行《おこな》われ、惣《そう》の独立性《どくりつせい》が高《たか》まって[18]行《い》った。このような農村《のうそん》の独立性《どくりつせい》はやがて[19]戦闘的《せんとうてき》な[20]性格《せいかく》を帯《お》び[21]、領主《りょうしゅ》の不当《ふとう》な[22]要求《ようきゅう》に対《たい》して[23]抵抗《ていこう》するようになった。領主《りょうしゅ》に対《たい》する抵抗手段《ていこうしゅだん》としては集団的訴訟《しゅうだんてきそしょう》の愁訴《しゅうそ》[24]・強訴《ごうそ》[25]、耕作放棄《こうさくほうき》や逃亡《とうぼう》の逃散《ちょうさん》[26]があったが、土一揆《つちいっき》[27]という武力《ぶりょく》による反抗《はんこう》を行《おこな》うこともあった。中《なか》でも1428年《ねん》の正長《しょうちょう》の土一揆《つちいっき》は最初《さいしょ》の大規模《だいきぼ》な反抗《はんこう》であり、その後《ご》も1429年《ねん》に播磨《はりま》の土一揆《つちいっき》、1441年《ねん》に嘉吉《かきつ》の土一揆《つちいっき》が起《お》こり、幕府《ばくふ》はその対応《たいおう》[28]に手《て》を焼《や》いた[29]。土一揆《つちいっき》の大規模《だいきぼ》なものが国一揆《くにいっき》であり、1485年《ねん》の山城《やましろ》の国一揆《くにいっき》が有名《ゆうめい》である。また、宗教団体《しゅうきょうだんたい》も戦闘力《せんとうりょく》を持《も》ち、真宗本願寺派《しんしゅうほんがんじは》は一向一揆《いっこういっき》を起《お》こした（註6）。

畿内《きない》の惣村《そうそん》と土一揆《つちいっき》(ど)

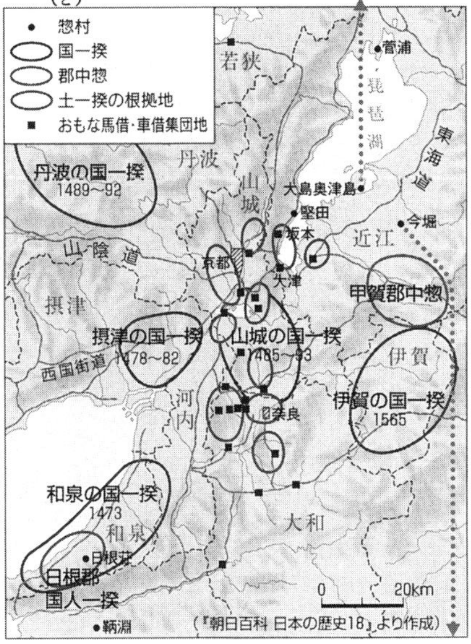

新出単語《しんしゅつたんご》

1．異論《いろん》　〔名〕異議

2．御所《ごしょ》　〔名〕住所

3．新邸《しんてい》　〔名〕宅邸

4．討《う》つ　〔動〕討

5．任《にん》ずる　〔動〕任命

6．名乗《なの》る　〔動〕自報姓名

7．復活《ふっかつ》する　〔動〕復活

8．本拠地《ほんきょち》　〔名〕據點

9．意図《いと》　〔名・動／する〕意圖

10．続《つづ》ける　〔動〕繼續

11．～に伴《ともな》って　〔連語〕隨著

12．変質《へんしつ》する　〔動〕變質

13．発達《はったつ》する　〔動〕發達

14．名主《なぬし》　〔名〕里正

15．寄合《よりあい》　〔名〕集合

16．運営《うんえい》　〔名・動／する〕管理

17．請《う》け負《お》う　〔動〕承辦

18. 高《たか》まる 〔動〕高漲

19. やがて 〔副〕不久

20. 戦闘的《せんとうてき》な 〔形動〕闘爭的

21. 帯《お》びる 〔動〕帶

22. 不当《ふとう》な 〔形動〕不當

23. ～に対《たい》して 〔連語〕對於

24. 愁訴《しゅうそ》 〔名・動／する〕訴苦

25. 強訴《ごうそ》 〔名〕集體強行上告

26. 逃散《ちょうさん》 〔名・動／する〕逃散

27. 土一揆《つちいっき》 〔名〕農民暴動

28. 対応《たいおう》 〔名・動／する〕適應

29. 手《て》を焼《や》く 〔成語〕感到棘手

註釈《ちゅうしゃく》

1. 太政大臣《だじょうだいじん》は律令官制《りつりょうかんせい》の最高位《さいこうい》である。

2. この貿易《ぼうえき》は勘合貿易《かんごうぼうえき》と呼《よ》ばれ、対等《たいとう》の関係《かんけい》だった。

3. 倭寇《わこう》は全《すべ》て日本人《にほんじん》と思《おも》われているが、実際《じっさい》には全倭寇《ぜんわこう》の3割程度《わりていど》だった。

4. 社会《しゃかい》の変質《へんしつ》を物語《ものがた》るものとして、言語《げんご》の変化《へんか》が挙《あ》げられるが、未然《みぜん》形表現《けいひょうげん》の喪失《そうしつ》、連体止《れんたいど》めの一般化《いっぱんか》、係助詞《かかりじょし》の消滅《しょうめつ》という日本語文《にほんごぶん》法《ぽう》の三大変化《さんだいへんか》が全部《ぜんぶ》この時代《じだい》に起《お》こっていることに注目《ちゅうもく》される。

5．この制度《せいど》は「百姓請《ひゃくしょううけ》」また「地下請《じげうけ》」と呼《よ》ばれている。

6．一揆《いっき》は領主《りょうしゅ》の不当《ふとう》な要求《ようきゅう》に対《たい》する暴動《ぼうどう》だが、農民《のうみん》の暴動《ぼうどう》を土一揆《つちいっき》、領国的規模《りょうごくてききぼ》の暴動《ぼうどう》を国一揆《くにいっき》、宗教団体《しゅうきょうだんたい》の暴動《ぼうどう》を一向一揆《いっこういっき》と呼《よ》ぶ。

重要文型《じゅうようぶんけい》

1．…は〜てからである

① 妙《みょう》な噂《うわさ》が広《ひろ》まったのは彼《かれ》が帰《かえ》ってからである。

② 彼《かれ》が成長《せいちょう》したのは結婚《けっこん》してからである。

2．〜に接近《せっきん》する

① 次期社長《じきしゃちょう》のポストを狙《ねら》って、会長《かいちょう》に接近《せっきん》した。

② 台風《たいふう》が本土《ほんど》に接近《せっきん》した。

3．〜と共《とも》に

① 彼《かれ》は学会《がっかい》に参加《さんか》すると共《とも》に積極的《せっきょくてき》に研究《けんきゅう》を発表《はっぴょう》している。

② 彼《かれ》は家族《かぞく》を大切《たいせつ》にすると共《とも》に浮気《うわき》にも熱心《ねっしん》だ。

4．〜によって運営《うんえい》される

① この会社《かいしゃ》は新《あたら》しい経営《けいえい》システムによって運営《うんえい》されている。

② 日本《にほん》の裁判所《さいばんしょ》は法律《ほうりつ》によってきちんと運営《うんえい》されている。

5．〜に対《たい》して抵抗《ていこう》する

① 鄭成功《ていせいこう》は清《しん》の支配《しはい》に対《たい》して抵抗《ていこう》した。

② 野党《やとう》は新税導入法案《しんぜいどうにゅうほうあん》に対《たい》して抵抗《ていこう》した。

6．〜としては…がある

① 日本《にほん》の代表的自動車産業《だいひょうてきじどうしゃさんぎょう》としてはトヨタ自動車《じどうしゃ》がある。

② その対策《たいさく》としては駆虎吞狼《くこどんろう》の計《けい》というのがあります。

7．～に手《て》を焼《や》く

① 渡辺《わたなべ》さんは子供《こども》の家庭内暴力《かていないぼうりょく》に手《て》を焼《や》いている。

② 会社《かいしゃ》は総会屋《そうかいや》の介入《かいにゅう》に手《て》を焼《や》いた。

練習《れんしゅう》

1．重要文型《じゅうようぶんけい》を参考《さんこう》にして、短文《たんぶん》を作《つく》りなさい。

（1）…は～てからである

（2）～に接近《せっきん》する

（3）～と共《とも》に

（4）～によって運営《うんえい》される

（5）～に対《たい》して抵抗《ていこう》する

（6）～としては…がある

（7）～に手《て》を焼《や》く

2. 次《つぎ》の質問《しつもん》に日本語《にほんご》で答《こた》えなさい。

（1）室町幕府《むろまちばくふ》の地位《ちい》が安定《あんてい》したのはいつですか。

（2）南北朝《なんぼくちょう》を統一《とういつ》させたのは誰《だれ》ですか。

（3）対明貿易《たいみんぼうえき》はどうして中止《ちゅうし》しましたか。

（4）この時代《じだい》の海賊《かいぞく》は何《なん》と呼《よ》ばれましたか。

（5）どうして社会組織《しゃかいそしき》が大《おお》きく変質《へんしつ》しましたか。

（6）農村《のうそん》ではどんな自治組織《じちそしき》が発達《はったつ》しましたか。

（7）農村《のうそん》の自治組織《じちそしき》は何《なに》によって運営《うんえい》されましたか。

（8）農村《のうそん》はどんな手段《しゅだん》で領主《りょうしゅ》に抵抗《ていこう》しましたか。

（9） 主《おも》な一揆《いっき》にはどんなものがありましたか。

（10） 宗教団体《しゅうきょうだんたい》はどんな一揆《いっき》を起《お》こしましたか。

第7課《だいななか》　戦国時代《せんごくじだい》

鎌倉時代後期《かまくらじだいこうき》から農村《のうそん》が組織化《そしきか》して行《い》き、領主《りょうしゅ》や守護大名《しゅごだいみょう》に抵抗《ていこう》して一揆《いっき》を起《お》こすようになった。幕府《ばくふ》は経済的《けいざいてき》に困窮《こんきゅう》し[1]、政治《せいじ》は混乱《こんらん》して行《い》った。これは幕府《ばくふ》の権威《けんい》[2]が失墜《しっつい》すると共《とも》に臣下間《しんかかん》の勢力争《せいりょくあらそ》いを生《う》んだ。1467年《ねん》、将軍家《しょうぐんけ》の家督争《かとくあらそ》い[3]から応仁《おうにん》の乱《らん》が起《お》こった（註 1)。この乱《らん》は全国《ぜんこく》に波及《はきゅう》し[4]、下克上《げこくじょう》[5]の世相《せそう》[6]が出現《しゅつげん》した。守護大名《しゅごだいみょう》が各地《かくち》で抗争《こうそう》し、新《あら》たに[7]戦国大名《せんごくだいみょう》が現《あらわ》れ、戦国時代《せんごくじだい》が到来《とうらい》した[8]のである。戦国大名《せんごくだいみょう》はそれぞれ家法《かほう》[9]・分国法《ぶんこくほう》[10]を制定《せいてい》して領地《りょうち》の富強《ふきょう》に勤《つと》め、京都《きょうと》に上洛《じょうらく》して天下統一《てんかとういつ》を目指《めざ》した[11]。主《おも》な戦国大名《せんごくだいみょう》には東北《とうほく》の伊達政宗《だてまさむね》、越後《えちご》の上杉謙信《うえすぎけんしん》、小田原《おだわら》の北条早雲《ほうじょうそううん》、信州《しんしゅう》の武田信玄《たけだしんげん》、東海地方《とうかいちほう》の今川義元《いまがわよしもと》、東海北部《とうかいほくぶ》の斉藤道三《さいとうどうざん》、中国地方《ちゅうごくちほう》の毛利元就《もうりもとなり》、九州南部《きゅうしゅうなんぶ》の島津貴久《しまづたかひさ》、四国《しこく》の長宗我部元親《ちょそかべもとちか》などがいる（註 2)。当時《とうじ》、西洋勢力《せいようせいりょく》が日本《にほん》にも進出《しんしゅつ》して[12]来《き》た。織田信長《おだのぶなが》は彼《かれ》らの鉄砲《てっぽう》[13]を利用《りよう》して[14]いち早《はや》く[15]天下《てんか》を統一《とういつ》しようとしたが、本能寺《ほんのうじ》で部下《ぶか》・明智光秀《あけちみつひで》の謀反《むほん》[16]で殺《ころ》された。その跡《あと》[17]を継《つ》いで全国《ぜんこく》を統一《とういつ》したのは豊臣秀吉《とよとみひでよし》であり、織田信長《おだのぶなが》が殺《ころ》された時《とき》、秀吉《ひでよし》は中国地方《ちゅうごくちほう》で毛利氏《もうりし》と対陣《たいじん》[18]していたが、異変《いへん》[19]を聞《き》いて直《ただ》ちに[20]

兵《へい》を返《かえ》し、山崎《やまざき》の戦《たたか》いで明智光秀《あけちみつひで》を討《う》った（註３）。次《つ》いで信長《のぶなが》の家臣《かしん》の有力者《ゆうりょくしゃ》21である柴田勝家《しばたかついえ》を賤ヶ岳《しずがたけ》の戦《たたか》いで打《う》ち破《やぶ》り22、小牧《こまき》・長久手《ながくて》の戦《たたか》いで徳川家康《とくがわいえやす》を屈服《くっぷく》させて覇業《はぎょう》を確立《かくりつ》すると、検地《けんち》と刀狩《かたながり》（註４）によって全国《ぜんこく》を掌握《しょうあく》した。その後《ご》、秀吉《ひでよし》は明《みん》の対日侵攻《たいにちしんこう》を阻止《そし》するため、朝鮮《ちょうせん》に２度出兵《どしゅっぺい》した（註５）が果《は》たせ23ず没《ぼっ》した24。その跡目争《あとめあらそ》い25で1600年《ねん》に日本《にほん》を東西《とうざい》に分《わ》けた関《せき》が原《はら》の合戦《かっせん》（註６）が起《お》こったが、東軍《とうぐん》の総帥《そうすい》26・徳川家康《とくがわいえやす》が勝利《しょうり》して天下人《てんがびと》となった（註７）。

新出単語《しんしゅつたんご》

１. 困窮《こんきゅう》する	〔動〕窮困
２. 権威《けんい》	〔名〕權威
３. 家督争《かとくあらそ》い	〔名〕繼承人之爭
４. 波及《はきゅう》する	〔動〕 波及
５. 下克上《げこくじょう》	〔名〕以下犯上
６. 世相《せそう》	〔名〕社會情況
７. 新《あら》た	〔形動〕新

8. 到来《とうらい》する　〔動〕 來到

9. 家法《かほう》　〔名〕家法

10. 分国法《ぶんこくほう》　〔名〕戰國時代諸國法

11. 目《め》指《ざ》す　〔動〕以～為目標

12. 進出《しんしゅつ》する　〔動〕 擠進

13. 鉄砲《てっぽう》　〔名〕步槍

14. 利用《りよう》する　〔動〕 利用

15. いち早《はや》く　〔副〕很快地

16. 謀反《むほん》　〔名〕 謀反

17. 跡《あと》　〔名〕家業

18. 対陣《たいじん》　〔名・動／する〕 對陣

19. 異変《いへん》　〔名〕非常事件

20. 直《ただ》ちに　〔副〕 立刻

21. 有力者《ゆうりょくしゃ》　〔名〕 有勢力者

22. 打《う》ち破《やぶ》る　〔動〕打敗

23. 果《は》たす　〔動〕 實現

24. 没《ぼっ》する　〔動〕死去

25. 跡目《あとめ》争《あらそ》い　〔名〕繼承家業鬧糾紛

26. 総帥《そうすい》　〔名〕總帥

註釈《ちゅうしゃく》

1. 応仁《おうにん》の乱《らん》は11年続《ねんつづ》き、戦乱《せんらん》の中心人物《ちゅうしんじんぶつ》である山名持豊《やまなもちとよ》と細川勝元《ほそかわかつもと》が死去《しきょ》したため、うやむやの内《うち》に終《お》わってしまった。だが、長《なが》い間《あいだ》領地《りょうち》を留守《るす》にしていた守護大名《しゅごだいみょう》が帰還《きかん》すると、家臣《かしん》たちに地位《ちい》を奪《うば》われ始《はじ》めた。家臣《かしん》たちは主君《しゅくん》を倒《たお》して実権《じっけん》を握《にぎ》ると、戦国大名《せんごくだいみょう》として天下《てんか》を狙《ねら》い始《はじ》めたのである。
2. 有名《ゆうめい》な合戦《かっせん》には、織田信長《おだのぶなが》が十倍《じゅうばい》の大軍《たいぐん》を誇《ほこ》る今川義元《いまがわよしもと》を破《やぶ》った「桶狭間《おけはざま》の戦《たたか》い」、終《つい》に決着《けっちゃく》がつかなかった武田信玄《たけだしんげん》と上杉謙信《うえすぎけんしん》の「川中島《かわなかじま》の戦《たたか》い」、武田信玄《たけだしんげん》の騎馬軍団《きばぐんだん》が徳川家康《とくがわいえやす》を破《やぶ》った「三方《みかた》が原《はら》の戦《たたか》い」、織田信長《おだのぶなが》が武田騎馬軍団《たけだきばぐんだん》を破《やぶ》った「長篠《ながしの》の戦《たたか》い」などがある。
3. 日本語《にほんご》で非常《ひじょう》に短期間《たんきかん》だけ実権《じっけん》を握《にぎ》ることを意味《いみ》する「三日天下《みっかでんか》」は、明智光秀《あけちみつひで》の故事《こじ》から来《き》ている。実際《じっさい》に明智光秀《あけちみつひで》の天下《てんか》は九日《ここのか》だったが。また、勝敗《しょうはい》を決《けっ》する機会《きかい》を表《あらわ》す「天王山《てんのうざん》」も、豊臣秀吉《とよとみひでよし》と明智光秀《あけちみつひで》が天王山《てんのうざん》で戦《たたか》ったことから来《き》ている。
4. 検地《けんち》とは土地《とち》の農業生産高《のうぎょうせいさんだか》を測定《そくてい》する調査《ちょうさ》である。戦国大名《せんごくだいみょう》の一部《いちぶ》はすでに領国内《りょうごくない》で実施《じっし》していたが、豊臣秀吉《とよとみひでよし》はそれを全国的《ぜんこくてき》に行《おこな》った。刀狩《かたながり》は農民《のうみん》の武器所有《ぶきしょゆう》の禁止《きんし》である。中世《ちゅうせい》はまだ兵農《ひょうのう》未分離《みぶんり》であったため、農民《のうみん》が武装《ぶそう》してしばしば一揆《いっき》を起《お》こした。刀狩《かたながり》によって農民《のうみん》は武器《ぶき》を奪《うば》われ、身分《みぶん》が固定化《こていか》されていった。

5．朝鮮出兵《ちょうせんしゅっぺい》の目的《もくてき》は他《ほか》にもあり、朝鮮《ちょうせん》の優《すぐ》れた陶芸技術《とうげいぎじゅつ》を持《も》ち去《さ》ることもその一《ひと》つだった。朝鮮《ちょうせん》は大勢《おおぜい》の陶芸家《とうげいか》や陶芸品《とうげいひん》を日本《にほん》に持《もち》ち去《さ》られ、陶芸産業《とうげいさんぎょう》そのものが衰退《すいたい》した。この戦《たたか》いで豊臣秀吉《とよとみひでよし》は26万人《まんにん》を動員《どういん》したが、朝鮮水軍《ちょうせんすいぐん》の名将《めいしょう》・李舜臣《りしゅんしん》に補給路《ほきゅうろ》を絶《た》たれて苦戦《くせん》した。

6．関《せき》が原《はら》の戦《たたか》いは「天下分目《てんかわけめ》の戦《たたか》い」と呼《よ》ばれ、日本《にほん》を東西《とうざい》に分《わ》けた戦争《せんそう》である。東軍《とうぐん》（総帥《そうすい》は徳川家康《とくがわいえやす》）は10万《まん》4000人《にん》、西軍《せいぐん》（総《そう》帥《すい》は石田三成《いしだみつなり》）は8万《まん》5000人《にん》であり、全国《ぜんこく》の主《おも》な戦国大名《せんごくだいみょう》が参加《さんか》した。だが、どの大名《だいみょう》も覇権《はけん》を狙《ねら》っており、しばしば総帥《そうすい》の指示《しじ》に従《したが》わなかったためにバトルロイヤルの様相《ようそう》を呈《てい》したが、小早川《こばやかわ》秀秋《ひであき》の内応《ないおう》によって東軍《とうぐん》が勝利《しょうり》した。ちなみに、剣聖《けんせい》・宮本武蔵《みやもとむさし》は15歳《さい》で西軍《せいぐん》に参加《さんか》している。

7．関《せき》が原《はら》の合戦以後《かっせんいご》も豊臣家《とよとみけ》は大《おお》きな力《ちから》を持《も》っており、徳川家《とくがわけ》の天《てん》下統一《かとういつ》には大《おお》きな障害《しょうがい》だった。1614年《ねん》、豊臣家《とよとみけ》の建《た》てた方広寺《ほうこうじ》の鐘銘《しょうめい》「国家安康《こっかあんこう》」「君臣豊楽《くんしんぶらく》、子孫殷昌《しそんいんしょう》」を「家康《いえやす》を二《ふた》つに裂《さ》いて（国家安康《こっかあんこう》の文字《もじ》には家《いえ》と康《やす》の文字《もじ》が安《あん》の字《じ》によって離《はな》されている）豊臣《とよとみ》を君《きみ》として子孫殷昌《しそんいんしょう》を楽《たの》しむ」という意味《いみ》であるとして、豊臣家《とよとみけ》に戦争《せんそう》を仕掛《しか》け（大阪冬《おおさかふゆ》の陣《じん》）、翌年《よくねん》再《ふたた》び戦《たたか》いを起《お》こして豊臣家《とよとみけ》を滅《ほろ》ぼした（大阪夏《おおさかなつ》の陣《じん》）。ここに、元和偃武《げんなえんぶ》と呼《よ》ばれる平和《へいわ》が到来《とうらい》した。

重要文型《じゅうようぶんけい》

1．～は…に波及《はきゅう》した

① 日本《にほん》の不況《ふきょう》はアジア全体《ぜんたい》に波及《はきゅう》した。

② 中国《ちゅうごく》のサーズ（SARS）は世界中《せかいじゅう》に波及《はきゅう》した。

2．～が出現《しゅつげん》した

① 彼《かれ》の失態《しったい》で想像《そうぞう》もできなかった事態《じたい》が出現《しゅつげん》した。

② 東京湾《とうきょうわん》に北朝鮮《きたちょうせん》の工作船《こうさくせん》が出現《しゅつげん》した。

3．～が到来《とうらい》した

① 千載一遇《せんざいいちぐう》の好機《こうき》が到来《とうらい》した。

② 望《のぞ》んでいた事態《じたい》が到来《とうらい》した。

4．～を掌握《しょうあく》する

① 会社《かいしゃ》の全権《ぜんけん》を掌握《しょうあく》した。

② 彼《かれ》は人《ひと》の心《こころ》を掌握《しょうあく》するのがうまい。

練習《れんしゅう》

1. 重要文型《じゅうようぶんけい》を参考《さんこう》にして、短文《たんぶん》を作《つく》りなさい。

（1） ～は…に波及《はきゅう》した

（2） ～が出現《しゅつげん》した

（3） ～が到来《とうらい》した

（4） ～を掌握《しょうあく》する

2. 次《つぎ》の質問《しつもん》に日本《にほん》語《ご》で答《こた》えなさい。

（1） 応仁《おうにん》の乱《らん》の結果《けっか》、日本《にほん》はどうなりましたか。

（2） 戦国大名《せんごくだいみょう》は何《なに》を目指《めざ》していましたか。

（3） 主《おも》な戦国大名《せんごくだいみょう》を五人《ごにん》挙《あ》げて下《くだ》さい。

(4) 織田信長《おだのぶなが》が使《つか》った新兵器《しんへいき》は何《なん》ですか。

(5) 織田信長《おだのぶなが》は誰《だれ》にどうやって殺《ころ》されましたか。

(6) 豊臣秀吉《とよとみひでよし》は何《なに》によって全国《ぜんこく》を掌握《しょうあく》しましたか。

(7) 豊臣秀吉《とよとみひでよし》はどうして朝鮮《ちょうせん》に出兵《しゅっぺい》しましたか。

(8) 関《せき》が原《はら》の合戦《かっせん》はどんな戦《たたか》いでしたか。

(9) 室町幕府《むろまちばくふ》はどうして衰退《すいたい》しましたか。

(10) 関《せき》が原《はら》の合戦《かっせん》でどちらが勝《か》ちましたか。

第8課《だいはちか》　江戸時代《えどじだい》

1603年《ねん》徳川家康《とくがわいえやす》が江戸《えど》に幕府《ばくふ》を開《ひら》いた。江戸幕府《えどばくふ》は当初《とうしょ》[1]、対外開《たいがいかい》放政策《ほうせいさく》を取《と》っていたが、後《のち》に鎖国《さこく》[2]政策《せいさく》を取《と》り、キリスト教《きょう》[3]の防止《ぼうし》を図《はか》ると共《とも》に幕府《ばくふ》による貿易独占《ぼうえきどくせん》[4]を実施《じっし》した(註1)。また、大名《だいみょう》の配置《はいち》[5]変《が》えを行《おこな》って要所《ようしょ》[6]を腹心《ふくしん》[7]で固《かた》め[8]、関が原《せきがはら》の合戦《かっせん》[9]以後《いご》に臣従《しんじゅう》[10]した大名《だいみょう》を辺境《へんきょう》[11]に追《お》いやった[12](註2)。こうして幕府《ばくふ》と藩《はん》による幕《ばく》藩体制《はんたいせい》を固《かた》めたが、これを維持《いじ》するために士農工商《しのうこうしょう》の身分制《みぶんせい》[13]を制《せい》定《てい》して職業《しょくぎょう》を世襲化《せしゅうか》[14]し、特《とく》に農村《のうそん》を厳《きび》しく[15]統制《とうせい》[16]した。

だが、諸産業《しょさんぎょう》が発展《はってん》して商業《しょうぎょう》が興隆《こうりゅう》してくると各地《かくち》に豪商《ごうしょう》[17]が出現《しゅつげん》し(註3)、士農工《しのうこう》の身分制《みぶんせい》が崩《くず》れ始《はじ》めた[18]。また、相次《あいつ》ぐ[19]天災《てんさい》・飢饉《ききん》[20]・一揆《いっき》で農村《のうそん》に依存《いぞん》[21]していた武士《ぶし》たちも窮乏《きゅうぼう》して行《い》った。そのため、幕府《ばくふ》は三度幕政《さんどばくせい》を改革《かいかく》した(註4)が、必《かなら》ずしも好成果《こうせいか》を収《おさ》めなかった。一方《いっぽう》、諸藩《しょはん》も財政《ざいせい》が悪化《あっか》したため改革《かいかく》を行《おこな》い、主産業《しゅさんぎょう》の専売化《せんばいか》[22]や藩学《はんがく》の設立《せつりつ》による人材育成《じんざいいくせい》[23]で成功《せいこう》を収《おさ》めた藩《はん》もあった。これらの藩《はん》は後《のち》に倒幕《とうばく》の主力《しゅりょく》となる。

江戸時代《えどじだい》は大《おお》きな戦乱《せんらん》もなく、世界史上《せかいしじょう》でも珍《めずら》しい平和《へいわ》な時代《じだい》であった。庶民《しょみん》はつつましく生活《せいかつ》し、勤勉《きんべん》で無欲《むよく》だった。だが、その平《へい》和《わ》は外国《がいこく》によって破《やぶ》られた。19世紀《せいき》に入《はい》ると欧米列強《おうべいれっきょう》[24]が日本近海《にほんきんかい》に出没《しゅつぼつ》し、1854年《ねん》日本《にほん》はアメリカと日米和親条約《にちべいわしんじょうやく》(註5)を結《むす》んで[24]鎖《さ》国体制《こくたいせい》を放棄《ほうき》した。その際《さい》、幕府《ばくふ》が朝廷《ちょうてい》に報告《ほうこく》したため朝廷《ちょうてい》の発言《はつげん》権《けん》[25]が強《つよ》まった。混乱《こんらん》する幕府《ばくふ》を見《み》て朝廷《ちょうてい》は薩摩藩《さつまはん》と長州藩《ちょうしゅうはん》に倒幕《とうばく》の密勅《みっちょく》[26]を下《くだ》したが、同日《どうじつ》、幕府《ばくふ》は大政奉還《たいせいほうかん》を上表《じょうひょう》した。そして1867年《ねん》12月《がつ》9日《か》に明治天皇《めいじてんのう》が王政復古《おうせいふっこ》の大号令《だいごうれい》[27]を発《はっ》[28]せられ、幕府《ばくふ》は崩壊《ほうかい》した[29]。その後《ご》、官軍《かんぐん》と幕府軍《ばくふぐん》の残党《ざんとう》[30]とで戊辰戦争《ぼしんせんそう》が起《お》こったが、十五代将軍徳川慶喜《じゅうごだいしょうぐんとくがわよしのぶ》は恭順《きょうじゅん》の意《い》を示《しめ》して、江戸城《えどじょう》を無血《むけつ》開城《かいじょう》[31]させた。

貨幣経済の発達

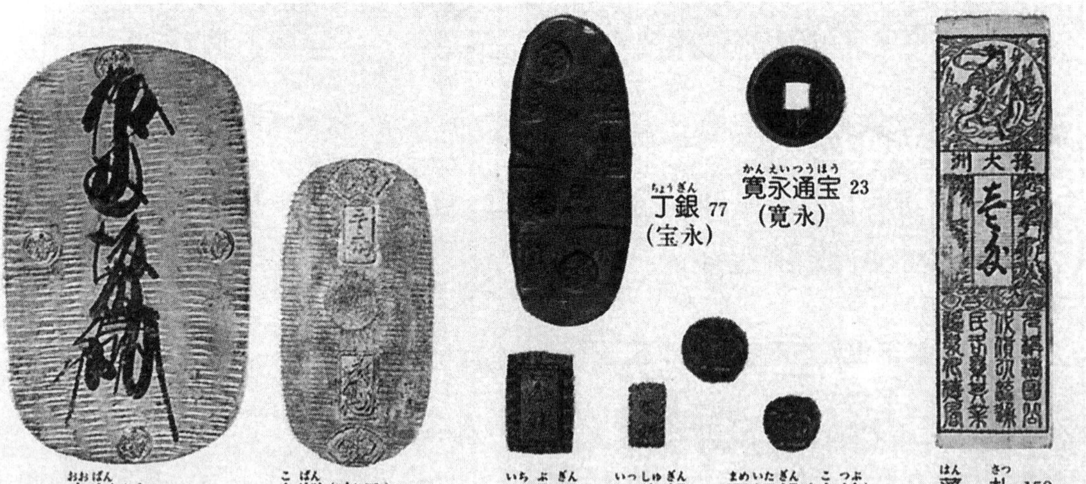

※数字は縦寸(㎜)

新出単語《しんしゅつたんご》

1. 当初《とうしょ》　〔副〕 當初
2. 鎖国《さこく》　〔名〕閉關自守
3. キリスト教《きょう》　〔名〕基督教
4. 独占《どくせん》　〔名・動／する〕獨占
5. 配置《はいち》　〔名・動／する〕配置
6. 要所《ようしょ》　〔名〕重要地點
7. 腹心《ふくしん》　〔名〕心腹的部下
8. 固《かた》める　〔動〕加強
9. 合戦《かっせん》　〔名・動／する〕交戰
10. 臣従《しんじゅう》　〔名〕臣事
11. 辺境《へんきょう》　〔名〕邊境
12. 追《お》いやる　〔動〕趕走
13. 身分制《みぶんせい》　〔名〕 身分制度
14. 世襲化《せしゅうか》　〔名・動／する〕世襲化
15. 厳《きび》しい　〔形〕 嚴格
16. 統制《とうせい》　〔名・動／する〕統制
17. 豪商《ごうしょう》　〔名〕富商

18. 崩《くず》れ始《はじ》める　〔複合動詞〕開始崩潰

19. 相次《あいつ》ぐ　〔副〕連續不斷

20. 飢饉《ききん》　〔名〕飢饉

21. 依存《いぞん》　〔名・動／する〕依存

22. 専売化《せんばいか》　〔名・動／する〕專賣化

23. 人材育成《じんざいいくせい》　〔名〕培養人材

24. 欧米列強《おうべいれっきょう》　〔名〕歐美列強

25. 発言権《はつげんけん》　〔複合名詞〕發言權

26. 密勅《みつちょく》　〔名〕密詔

27. 号令《ごうれい》　〔名〕號令

28. 発《はっ》する　〔動〕發動

29. 崩壊《ほうかい》する　〔名・動／する〕崩潰

30. 残党《ざんとう》　〔名〕余黨

31. 無血開城《むけつかいじょう》　〔複合名詞〕不流血開城投降

注釈《ちゅうしゃく》

1. 鎖国《さこく》と言《い》っても外国《がいこく》との交流《こうりゅう》を絶《た》ったわけではない。オランダと中国《ちゅうごく》の貿易船《ぼうえきせん》は長崎《ながさき》にだけは来航《らいこう》できた。
2. 武士《ぶし》に対《たい》しては、朱子学《しゅしがく》を導入《どうにゅう》して君臣《くんしん》の関係《かんけい》を説《と》くと共《とも》に、武《ぶ》家諸法度《けしょはっと》という法律《ほうりつ》を制定《せいてい》して幕府《ばくふ》への忠誠《ちゅうせい》を誓《ちか》わせた。
3. 代表的《だいひょうてき》な豪商《ごうしょう》には紀伊国屋文左衛門《きのくにやぶんざえもん》、奈良屋茂左衛門《ならやしげざえもん》、淀屋辰五《よどやたつご》郎《ろう》、石川六兵衛《いしかわろくべえ》、難波屋十衛門《なにわやじゅうえもん》などがいる。
4. 幕府《ばくふ》は8代将軍《はちだいしょうぐん》・徳川吉宗《とくがわよしむね》の享保《きょうほ》の改革《かいかく》、老中《ろうじゅう》・松平定信《まつだいらさだのぶ》の寛《かん》政《せい》の改革《かいかく》、老中《ろうじゅう》・水野忠邦《みずのただくに》の天保《てんぽう》の改革《かいかく》を行《おこな》ったが、享保《きょうほ》の改革《かいかく》以外《いがい》は失敗《しっぱい》した。
5. 日米和親条約《にちべいわしんじょうやく》は 1854年《ねん》にアメリカの全権《ぜんけん》ペリーとの間《あいだ》で締結《ていけつ》され、日本《にほん》はアメリカに対《たい》して下田《しもだ》と函館《はこだて》の開港《かいこう》、片務的《へんむてき》な最恵国待《さいけいこくたい》遇《ぐう》などを認《みと》めた。

重要文型《じゅうようぶんけい》

1. ～を図《はか》る

① 彼《かれ》は何度《なんど》も自殺《じさつ》を図《はか》った。

② 新事業《しんじぎょう》で業績《ぎょうせき》の向上《こうじょう》を図《はか》った。

2. …を～に追《お》いやる

① 田中部長《たなかぶちょう》は池田課長《いけだかちょう》を隅《すみ》に追《お》いやった。

② 藤原時平《ふじわらのときひら》は菅原道真《すがわらのみちざね》を九州《きゅうしゅう》に追《お》いやった。

3. 必《かなら》ずしも

① 減量《げんりょう》は必《かなら》ずしもよいことではない。

② 前回《ぜんかい》の取引《とりひき》は必《かなら》ずしも成功《せいこう》とは言《い》えない。

4. ～が強《つよ》まる

① 総理《そうり》の政策《せいさく》に風当《かぜあ》たりが強《つよ》まった。

② 雨脚《あまあし》が強《つよ》まった。

5. ～を示《しめ》す

① 彼《かれ》は不満《ふまん》の態度《たいど》を示《しめ》した。

② 社長《しゃちょう》の方針《ほうしん》は会社《かいしゃ》の未来《みらい》を示《しめ》している。

練習《れんしゅう》

1. 重要文型《じゅうようぶんけい》を参考《さんこう》にして、短文《たんぶん》を作《つく》りなさい。

(1) 〜を図《はか》る

(2) …を〜に追《お》いやる

(3) 必《かなら》ずしも

(4) 〜が強《つよ》まる

(5) 〜を示《しめ》す

2. 次《つぎ》の質問《しつもん》に日本語《にほんご》で答《こた》えなさい。

(1) 江戸幕府《えどばくふ》は当初《とうしょ》、どんな対外政策《たいがいせいさく》を取《と》りましたか。

(2) 江戸幕府《えどばくふ》はどうして鎖国《さこく》しましたか。

(3) 江戸幕府《えどばくふ》はどんな国内政策《こくないせいさく》を行《おこな》いましたか。

(4) 江戸幕府《えどばくふ》の体制《たいせい》を何《なん》と言《い》いますか。

(5) 江戸幕府《えどばくふ》は何回改革《なんかいかいかく》をしましたか。

(6) 諸藩《しょはん》はどんな改革《かいかく》を行《おこな》いましたか。

(7) 日本《にほん》はアメリカとどんな条約《じょうやく》を結《むす》びましたか。

(8) どうして朝廷《ちょうてい》の発言権《はつげんけん》が強《つよ》まりましたか。

(9) 明治天皇《めいじてんのう》はどんな号令《ごうれい》を発《はっ》しましたか。

(10) 幕府滅亡後《ばくふめつぼうご》、すぐ平和《へいわ》になりましたか。

第《だい》9課《きゅうか》　明治時代《めいじじだい》

明治新政府《めいじしんせいふ》は中央集権《ちゅうおうしゅうけん》を確立《かくりつ》するために先《ま》ず版籍奉還《はんせきほうがん》、廃藩《はいはん》置県《ちけん》、地租改正《ちそかいせい》を行《おこな》った。そして農工商《のうこうしょう》の庶民《しょみん》[1]を平民《へいみん》にして苗字《みょうじ》[2]、職業《しょくぎょう》、結婚《けっこん》の自由《じゆう》を認《みと》めた[3]。武士《ぶし》たちは新政府《しんせいふ》から冷遇《れいぐう》[4]された（註1）ために不満《ふまん》を強《つよ》め、1877年《ねん》に西南戦争《せいなんせんそう》を起《お》こした（註2）が鎮圧《ちんあつ》され、以後《いご》は自由民権運動《じゆうみんけんうんどう》による政府攻撃《せいふこうげき》に切《き》り替《か》えた[5]（註3）。

日本《にほん》はアジアでいち早《はや》く近代化《きんだいか》した国《くに》であるが、その道《みち》のり[6]は困難《こんなん》を極《きわ》めていた[7]。欧米列強《おうべいれっきょう》の植民地化《しょくみんちか》[8]を逃《のが》れる[9]ため富国強兵《ふこくきょうへい》を国是《こくぜ》[10]とし、不平等条約《ふびょうどうじょうやく》の改正《かいせい》を目指《めざ》した。また、アジアで最初《さいしょ》に議会制民主主義《ぎかいせいみんしゅしゅぎ》を確立《かくりつ》した。経済的《けいざいてき》には資本主義《しほんしゅぎ》の確立《かくりつ》を目指《めざ》したが、主従関係《しゅじゅうかんけい》という封建制《ほうけんせい》を残《のこ》した[11]ために社会主義的《しゃかいしゅぎてき》な体質《たいしつ》[12]を帯《お》びる[13]ことになった（註4）。ま、た帝国大学《ていこくだいがく》を各地《かくち》に設立《せつりつ》し、教育《きょういく》の普及《ふきゅう》に努《つと》めた[14]。1889年《ねん》には大日本《だいにっぽん》帝国憲法《ていこくけんぽう》が発布《はっぷ》[15]された。1894年日清戦争《ねんにっしんせんそう》で日本《にほん》は勝利《しょうり》し、台湾《たいわん》の領有《りょうゆう》と関東州《かんとうしゅう》の租借権《そしゃくけん》を得《え》たが、ロシア[16]・ドイツ[17]・フランス[18]による三国干渉《さんごくかんしょう》（註5）で事実上《じじつじょう》ロシアに関東州《かんとうしゅう》を手渡《てわた》す[19]ことになったため、国民《こくみん》は激怒《げきど》[20]してロシアに報復《ほうふく》を誓《ちか》った21。1904年《ねん》日露戦争《にちろせんそう》を勝《か》ち抜《ぬ》いた22日本《にほん》は第二次産業革命《だいにじさんぎょうかくめい》を達成《たっせい》した。1894年《ねん》には台湾《たいわん》を領有《りょうゆう》し、1910年《ねん》には朝鮮《ちょうせん》を植民地《しょくみんち》化《か》して版図《はんと》を広《ひろ》げ23、第一次世界大戦《だいいちじせかいたいせん》でも戦勝国《せんしょうこく》になった。国内《こくない》では自由民権運動《じゆうみんけんうんどう》が盛《さか》んになり、労働争議《ろうどうそうぎ》24が頻発《ひんぱつ》25した（註6）が、電燈《でんとう》が家庭《かてい》にも普及《ふきゅう》し、鉄道《てつどう》26も著《いちじる》しく27発達《はったつ》した。また、大学《だいがく》の理工学科《りこうがくか》、研究所《けんきゅうじょ》が整備《せいび》され、医学《いがく》28、科学技術《かがくぎじゅつ》なども優《すぐ》れた29進展《しんてん》を見《み》せた30。

日露戦争　●列強の中国進出

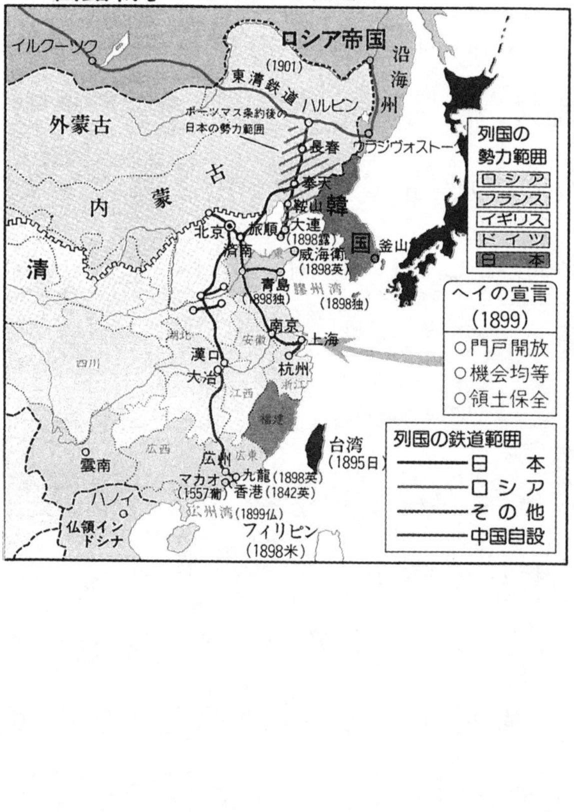

●日露戦争　1904(明治37)年～1905(明治38)年

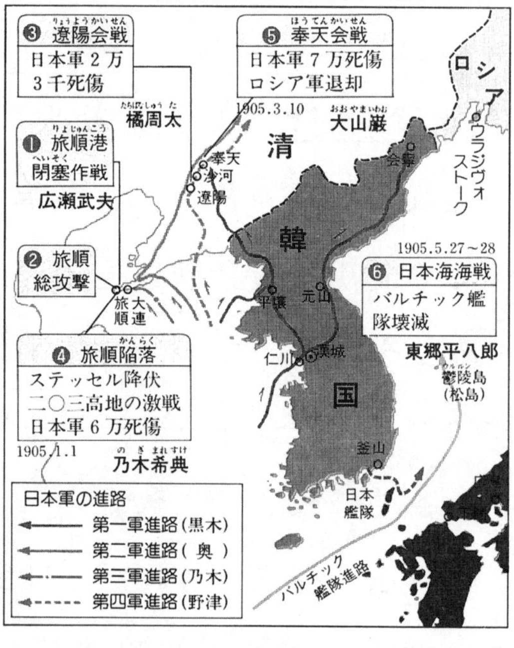

新出単語《しんしゅつたんご》

1. 庶民《しょみん》　〔名〕庶民
2. 苗字《みょうじ》　〔名〕
3. 認《みと》める　〔動〕准許
4. 冷遇《れいぐう》する　〔動〕冷淡對待
5. 切《き》り替《か》える　〔動〕轉換
6. 道《みち》のり　〔名〕路程
7. 困難《こんなん》を極《きわ》める　〔動〕艱苦卓絕的
8. 植民地化《しょくみんちか》　〔名・動〕殖民地化
9. 逃《のが》れる　〔動〕從危難中逃出來
10. 国是《こくぜ》　〔名〕國策
11. 残《のこ》す　〔動〕留下
12. 体質《たいしつ》　〔名〕體質
13. 帯《お》びる　〔動〕帶
14. 努《つと》める　〔動〕努力
15. 発布《はっぷ》　〔名〕頒布
16. ロシア　〔名〕俄國
17. ドイツ　〔名〕德國

18. フランス　〔名〕法國

19. 手渡《てわた》す　〔動〕面交

20. 激怒《げきど》する　〔動〕震怒

21. 誓《ちか》う　〔動〕起誓

22. 勝《か》ち抜《ぬ》く　〔動〕一直戰到取得最後的勝利

23. 広《ひろ》げる　〔動〕擴大

24. 労働争議《ろうどうそうぎ》　〔名〕勞資糾紛

25. 頻発《ひんぱつ》する　〔動〕屢次發生

26. 鉄道《てつどう》　〔名〕鐵路

27. 著《いちじる》しく　〔副〕非常

28. 医学《いがく》　〔名〕醫學

29. 優《すぐ》れる　〔動〕優越

30. 見《み》せる　〔動〕給～看

註釈《ちゅうしゃく》

1. 江戸時代《えどじだい》、苗字《みょうじ》・帯刀《たいとう》は武士《ぶし》の特権《とっけん》だったが、明治政府《めいじせいふ》がそれを庶民《しょみん》にも認《みと》めたため、武士《ぶし》は特権《とっけん》を奪《うば》われることになった。また、経済的《けいざいてき》にも所得《しょとく》が減《へ》った。

2. 倒幕《とうばく》の主将《しゅしょう》だった西郷隆盛《さいごうたかもり》は郷里《きょうり》の鹿児島《かごしま》に引《ひ》きこもっていたが、不平士族《ふへいしぞく》たちに擁立《ようりつ》されて兵《へい》を挙《あ》げた。当初《とうしょ》は果敢《かかん》な攻撃《こうげき》を見《み》せたが、最終的《さいしゅうてき》には敗北《はいぼく》した。西南戦争《せいなんせんそう》は徴兵制《ちょうへいせい》による新政府軍《しんせいふぐん》の力《ちから》を見《み》せることになり、以後《いご》、不平士族《ふへいしぞく》は武力《ぶりょく》による反抗《はんこう》を断《だん》念《ねん》した。

3. 自由民権派《じゆうみんけんは》の板垣退助《いたがきたいすけ》が自由党《じゆうとう》、大隈重信《おおくましげのぶ》が立憲改進党《りっけんかいしんとう》を設立《せつりつ》すると、政府《せいふ》も福地源一郎《ふくちげんいちろう》に立憲帝政党《りっけんていせいとう》を作《つく》らせ、民権派《みんけんは》に対抗《たいこう》させた。政府《せいふ》は民権派《みんけんは》の弾圧《だんあつ》・懐柔《かいじゅう》を行《おこな》ったが、自由党員《じゆうとういん》は過激化《かげきか》して数々《かずかず》の暴動《ぼうどう》を起《お》こした。

4. 本来《ほんらい》、資本主義《しほんしゅぎ》の雇用関係《こようかんけい》は契約《けいやく》によるものだが、日本《にほん》は擬似血縁《ぎじけつえん》関係的《かんけいてき》な雇用関係《こようかんけい》がそのまま残《のこ》った。

5. 三国干渉《さんごくかんしょう》によって、ロシアは全《まった》く労《ろう》せずに関東州《かんとうしゅう》を手《て》に入《い》れた。日本《にほん》はこの不条理《ふじょうり》に激怒《げきど》すると共《とも》に、国際社会《こくさいしゃかい》の本質《ほんしつ》を知《し》ることになった。また、三国干渉《さんごくかんしょう》を画策《かくさく》したのは清国《しんこく》の高官《こうかん》・李鴻章《りこうしょう》だったので、以後日本《いごにほん》の中国《ちゅうごく》に対《たい》する不信感《ふしんかん》が高《たか》まり、中国《ちゅうごく》との条《じょう》約《やく》に厳《きび》しい姿勢《しせい》を取《と》るようになった。

6. 労働争議《ろうどうそうぎ》が盛《さか》んになったのはロシア革命《かくめい》の影響《えいきょう》である。

重要文型《じゅうようぶんけい》

1. ～を認《みと》めた

① 彼《かれ》はようやく自分《じぶん》の間違《まちが》いを認《みと》めた。

② 新《あたら》しいバッグにちょっとした傷《きず》を認《みと》めた。

2. ～は冷遇《れいぐう》された

① 彼《かれ》は新《あたら》しい職場《しょくば》で冷遇《れいぐう》された。

② 礼儀《れいぎ》を知《し》らない人《ひと》はどこでも冷遇《れいぐう》される。

3. ～を極《きわ》める

① 美味《びみ》を極《きわ》めた料理《りょうり》をごちそうになった。

② 彼《かれ》は空手《からて》の真髄《しんずい》を極《きわ》めた。

4. ～を目指《めざ》す

① 織田信長《おだのぶなが》は天下統一《てんかとういつ》を目指《めざ》した。

② 成績《せいせき》トップを目指《めざ》してがむしゃらに働《はたら》いた。

5. ～体質《たいしつ》を帯《お》びる

① うちの社長《しゃちょう》は独裁的《どくさいてき》な体質《たいしつ》を帯《お》びている。

② 彼《かれ》はアレルギー体質《たいしつ》を帯《お》びている。

6. ～に努《つと》める

① 彼《かれ》は学生時代《がくせいじだい》、ひたすら勉学《べんがく》に努《つと》めて恋愛《れんあい》もしなかった。

② 彼女《かのじょ》は太《ふと》り過《す》ぎてダイエットに努《つと》めている。

7. ～が盛《さか》んになる

① 社内《しゃない》で部長《ぶちょう》の勢力《せいりょく》が盛《さか》んになった。

② 老《お》いてますます盛《さか》んになった。

8. ～を見《み》せる

① 彼《かれ》は企画《きかく》に意外《いがい》な才能《さいのう》を見《み》せた。

② ついに彼《かれ》は本性《ほんしょう》を見《み》せた。

練習《れんしゅう》

1. 重要文型《じゅうようぶんけい》を参考《さんこう》にして、短文《たんぶん》を作《つく》りなさい。

(1) ～を認《みと》めた

(2) ～は冷遇《れいぐう》された

(3) ～を極《きわ》める

(4) ～を目指《めざ》す

(5) ～体質《たいしつ》を帯《お》びる

(6) ～に努《つと》める

(7) ～が盛《さか》んになる

(8) ～を見《み》せる

2. 次《つぎ》の質問《しつもん》に日本語《にほんご》で答《こた》えなさい。

(1) 明治政府《めいじせいふ》はどんな政策《せいさく》を行《おこな》いましたか。

(2) 明治政府《めいじせいふ》に対《たい》して武士《ぶし》は何《なに》をしましたか。

(3) 西南戦争後《せいなんせんそうご》、武士《ぶし》たちはどうやって政府《せいふ》を攻撃《こうげき》しましたか。

(4) 明治政府《めいじせいふ》の国是《こくぜ》は何《なに》ですか。

(5) 大日本帝国憲法《だいにっぽんていこくけんぽう》はいつ発布《はっぷ》されましたか。

(6) 日本《にほん》はどうしてロシアに激怒《げきど》しましたか。

(7) 日本《にほん》はどうやって第二次産業革命《にじさんぎょうかくめい》を達成《たっせい》しましたか。

(8) 国内《こくない》ではどんな運動《うんどう》が起《お》こりましたか。

(9) 国民《こくみん》の生活《せいかつ》はどう変《か》わりましたか。

(10) 教育《きょういく》はどのように進歩《しんぽ》しましたか。

第《だい》10《じゅっ》課《か》　大正時代《たいしょうじだい》

明治期《めいじき》からジャーナリズム[1]が発達《はったつ》して来《き》て藩閥《はんばつ》・軍部《ぐんぶ》・官僚《かんりょう》を激《はげ》しく[2]批判《ひはん》したため、市民《しみん》が政治《せいじ》に目《め》を向《む》け始《はじ》め、1912年《ねん》憲政擁護運動《けんせいようごうんどう》が発生《はっせい》して内閣《ないかく》が倒《たお》れた（註1）。これは市民《しみん》のデモ[3]が内閣《ないかく》を交代《こうたい》[4]させた最初《さいしょ》の例《れい》である。以後《いご》日本《にほん》では社会運動《しゃかいうんどう》、労働運動《ろうどううんどう》、部落解放運動《ぶらくかいほううんどう》、婦人運動《ふじんうんどう》が激化《げきか》[5]し、「大正《たいしょう》デモクラシー」と呼《よ》ばれる民主主義的風潮《みんしゅしゅぎてきふうちょう》[6]が広《ひろ》がって行《い》った。普通選挙《ふつうせんきょ》を求《もと》める[7]運動《うんどう》も高《たか》まり[8]、1925年《ねん》に普通選挙法案《ふつうせんきょほうあん》が議会《ぎかい》を通過《つうか》した。だが、社会運動《しゃかいうんどう》と共《とも》に国家改造運動《こっかかいぞううんどう》も起《お》こり、軍部《ぐんぶ》の青年将校《せいねんしょうこう》たちに影響《えいきょう》を及《およ》ぼして[9]行《い》った（註2）。

1919年《ねん》パリで第一次世界大戦《だいいちじせかいたいせん》の講和会議《こうわかいぎ》が開《ひら》かれた。日本《にほん》は五大国《ごだいこく》の１つとして参加《さんか》し、人種差別《じんしゅさべつ》の撤廃《てっぱい》[10]を訴《うった》えた[11]が、英米《えいべい》に反対《はんたい》された。日本《にほん》はこの時期《じき》には国際協調主義《こくさいきょうちょうしゅぎ》[12]を取《と》り中国《ちゅうごく》にも不干渉政策《ふかんしょうせいさく》を取《と》った（註3）。1922年《ねん》のワシントン[13]海軍軍縮条約《かいぐんぐんしゅくじょうやく》では主力艦《しゅりょくかん》の保有量《ほゆうりょう》を対英米《たいえいべい》[14]６割《わり》と定《さだ》められた（註4）。1926年《ねん》に国際連盟《こくさいれんめい》が設立《せつりつ》され、日本《にほん》は常任理事国《じょうにんりじこく》の１つになったが、日本《にほん》の国際的発言力《こくさいてきはつげんりょく》が強《つよ》まると、欧米諸国《おうべいしょこく》が日本《にほん》を警戒《けいかい》し始《はじ》めた。

第一次世界大戦《だいいちじせかいたいせん》で日本経済《にっぽんけいざい》は著《いちじる》しい好景気《こうけいき》を示《しめ》したが、大戦《たいせん》が終《お》わって列強《れっきょう》の生産力《せいさんりょく》が回復《かいふく》15すると、輸出《ゆしゅつ》が急減《きゅうげん》して16戦後恐慌《せんごきょうこう》が発生《はっせい》した。アメリカでは排日移民法《はいにちいみんほう》が制定《せいてい》され、中国《ちゅうごく》では日本《にほん》の進出《しんしゅつ》に反対《はんたい》して日貨排斥《にっかはいせき》が行《おこな》われた。1923年《ねん》には関東大震災《かんとうだいしんさい》17が起《お》こって日本経済《にっぽんけいざい》は大打撃《だいだげき》を受《う》けると、企業《きぎょう》の独占《どくせん》が急激《きゅうげき》に18進《すす》み、巨大財閥《きょだいざいばつ》が誕生《たんじょう》して行《い》った。このことは、昭和《しょうわ》の金融恐慌《きんゆうきょうこう》へとつながって19行《い》った。

関東大震災（1923＝大正12）

◀地震直後の東京日比谷《ひびや》付近　1923年9月1日午前11時58分，マグニチュード7.9の激震が関東南部をおそった。昼時のため各地に火の手があがり，被害をいっそう大きくした。

罹災者		家屋の被害
死者	99,474人	全壊 105,524戸
負傷者	102,961人	半壊 108,972戸
行方不明	38,782人	焼失 375,855戸
朝鮮人虐殺	約6,000人	流失 868戸
罹災者合計	約340万人	（『大正ニュース事典』など）

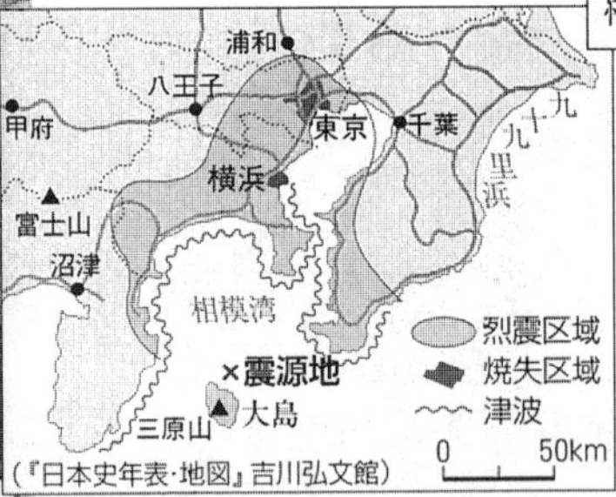

（『日本史年表･地図』吉川弘文館）

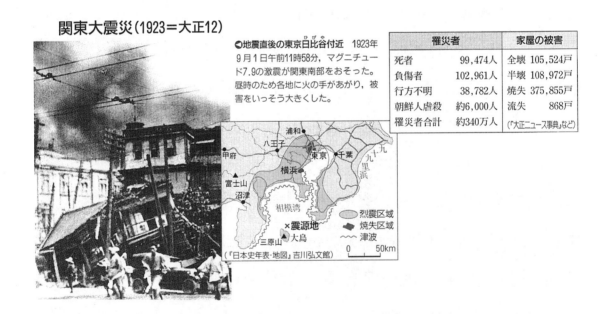

新出単語《しんしゅつたんご》

1. ジャーナリズム　〔名〕
2. 激《はげ》しい　〔形〕激烈
3. デモ　〔名〕示威運動
4. 交代《こうたい》　〔名・動／する〕交替
5. 激化《げきか》　〔名・動／する〕激烈化
6. 風潮《ふうちょう》　〔名〕潮流
7. 求《もと》める　〔動〕要求，希望
8. 高《たか》まる　〔動〕高漲
9. 及《およ》ぼす　〔動〕波及
10. 撤廃《てっぱい》　〔名・動／する〕撤廢
11. 訴《うった》える　〔動〕控訴
12. 国際協調主義《こくさいきょうちょうしゅぎ》　〔複合名詞〕國際協調主義
13. ワシントン　〔名〕華盛頓
14. 英米《えいべい》　〔名〕英國與美國
15. 回復《かいふく》　〔名・動／する〕恢復
16. 急減《きゅうげん》する　〔動〕急劇減少
17. 関東大震災《かんとうだいしんさい》　〔複合名詞〕關東大地震

18. 急激《きゅうげき》に　〔副〕急劇

19. つながる　〔動〕牽連

註釈《ちゅうしゃく》

1. 1912年《ねん》、陸軍《りくぐん》二《に》個《こ》師《し》団《だん》増設《ぞうせつ》を拒否《きょひ》した第二次《だいにじ》西園寺《さいおんじ》内閣《ないかく》が総辞《そうじ》職《しょく》すると、桂《かつら》太郎《たろう》が陸軍《りくぐん》・藩閥《はんばつ》・官僚《かんりょう》を背景《はいけい》にして第三次《だいさんじ》桂内《かつらない》閣《かく》を組織《そしき》した。これに対《たい》して立憲政友会《りっけんせいゆうかい》の尾崎行雄《おざきゆきお》、立憲国民党《りっけんこくみんとう》の犬養毅《いぬかいつよし》らが「閥族打破《ばつぞくだは》・憲政擁護《けんせいようご》」を訴《うった》えて第一次《だいいちじ》憲政擁護運《けんせいようごうん》動《どう》（護憲運動《ごけんうんどう》）を展開《てんかい》した。1924年《ねん》、清浦圭吾《きようらけいご》が貴族院《きぞくいん》と官僚《かんりょう》の力《ちから》を背景《はいけい》に組閣《そかく》すると、政友会《せいゆうかい》・憲政会《けんせいかい》・革新倶楽部《かくしんくらぶ》は護憲三派《ごけんさんぱ》を結成《けっせい》し、清浦内閣打倒《きようらないかくだとう》を目指《めざ》す第二次憲政擁護運動《だいにじけんせいようごうんどう》を展開《てんかい》した。護憲三派《ごけんさんぱ》は総選挙《そうせんきょ》で勝《か》ち、憲政会《けんせいかい》の加藤高明《かとうたかあき》が組閣《そかく》して普通選挙《ふつうせんきょ》法案《ほうあん》が議会《ぎかい》を通過《つうか》した。

2. 北一輝《きたいっき》は天皇中心《てんのうちゅうしん》の社会主義的《しゃかいしゅぎてき》な国家改造《こっかかいぞう》を説《と》く「国家改造法案《こっかかいぞうほうあん》大綱《たいこう》」を書《か》き上《あ》げ、軍部青年将校《ぐんぶせいねんしょうこう》・中堅将校《ちゅうけんしょうこう》に影響《えいきょう》を与《あた》えた。これらの将校《しょうこう》たちは昭和期《しょうわき》に五《ご》・一五事件《いちごじけん》、二《に》・二六事件《にろくじけん》などの反乱《はんらん》を起《お》こした。

3．幣原喜重郎《しではらきじゅうろう》は1924年《ねん》加藤内閣《かとうないかく》の外務大臣《がいむだいじん》に就任《しゅうにん》すると、協調《きょうちょう》外交《がいこう》を推進《すいしん》した。中国《ちゅうごく》に対《たい》しても不干渉主義《ふかんしょうしゅぎ》を貫《つらぬ》いたが、却《かえ》ってそれが中国軍《ちゅうごくぐん》から軽視《けいし》されることになった。他国民《たこくみん》を攻撃《こうげき》すると大変《たいへん》な報復《ほうふく》を受《う》けたが、日本人《にほんじん》を攻撃《こうげき》しても報復《ほうふく》されないので、日本人《にほんじん》・日本軍《にほんぐん》が狙《ねら》われることになったのである。

4．対英米六割《たいえいべいろくわり》に対《たい》して、海軍《かいぐん》は激《はげ》しく反発《はんぱつ》した。対英米七割以下《たいえいべいななわりいか》では開戦《かいせん》の時《とき》に国《くに》を防衛《ぼうえい》できないのである。当時《とうじ》イギリスは日本《にほん》に友好的《ゆうこうてき》であったが、中国市場《ちゅうごくしじょう》を巡《めぐ》って日本《にほん》とアメリカは敵対《てきたい》していた。アメリカが政治力《せいじりょく》を利用《りよう》して強引《ごういん》に押《お》し切《き》ったのである。

重要文型《じゅうようぶんけい》

1. 〜に目《め》を向《む》け始《はじ》める

① 彼《かれ》は新規市場開拓《しんきしじょうかいたく》に目《め》を向《む》け始《はじ》めた。

② 先生《せんせい》は彼《かれ》の長所《ちょうしょ》にも目《め》を向《む》け始《はじ》めた。

2. 〜が広《ひろ》がって行《い》った

① 火事《かじ》の煙《けむり》が辺《あた》り一面《いちめん》に広《ひろ》がって行《い》った。

② 台湾製《たいわんせい》コンピューターが世界中《せかいじゅう》に広《ひろ》まって行《い》った。

3. ～に影響《えいきょう》を及《およ》ぼす

① フランス革命《かくめい》は世界中《せかいじゅう》に影響《えいきょう》を及《およ》ぼした。

② 放射能汚染《ほうしゃのうおせん》は子孫《しそん》にも影響《えいきょう》を及《およ》ぼす。

4. ～が高《たか》まる

① 韓国《かんこく》と北朝鮮《きたちょうせん》の間《あいだ》で、再《ふたた》び緊張《きんちょう》が高《たか》まった。

② 厭戦気分《えんせんきぶん》が高《たか》まった。

5. ～を訴《うった》える

① アメリカは日本《にほん》の非関税障害撤廃《ひかんぜいしょうがいてっぱい》を訴《うった》えた。

② 中国《ちゅうごく》に人権尊重《じんけんそんちょう》を訴《うった》えた。

6. ～へとつながって行《い》く

① 日本《にほん》の経済回復《けいざいかいふく》はアジア経済《けいざい》の回復《かいふく》へとつながって行《い》く。

② 盲腸炎《もうちょうえん》は腹膜炎《ふくまくえん》へとつながって行《い》く。

練習《れんしゅう》

1. 重要文型《じゅうようぶんけい》を参考《さんこう》にして、短文《たんぶん》を作《つく》りなさい。

(1) ～に目《め》を向《む》け始《はじ》める

(2) ～が広《ひろ》がって行《い》った

(3) ～に影響《えいきょう》を及《およ》ぼす

(4) ～が高《たか》まる

(5) ～を訴《うった》える

(6) ～へとつながって行《い》く

2. 次《つぎ》の質問《しつもん》に日本語《にほんご》で答《こた》えなさい。

(1) ジャーナリズムは政府《せいふ》に対《たい》してどうでしたか。

(2) 1912年《ねん》、内閣《ないかく》はどうして倒《たお》れましたか。

(3) 大正時代《たいしょうじだい》、日本《にほん》にどんな運動《うんどう》が広《ひろ》まりましたか。

(4) 大正《たいしょう》デモクラシーとは何《なん》ですか。

(5) 普通選挙《ふつうせんきょ》について、どうなりましたか。

(6) どんな運動《うんどう》が軍部《ぐんぶ》の青年将校《せいねんしょうこう》に影響《えいきょう》を与《あた》えましたか。

(7) パリ講和会議《こうわかいぎ》で日本《にほん》は何《なに》を訴《うった》えましたか。

(8) 大正時代《たいしょうじだい》、日本《にほん》はどんな対外政策《たいがいせいさく》を取《と》りましたか。

(9) 第一次大戦後《だいいちじたいせんご》、アメリカはどんな法律《ほうりつ》を制定《せいてい》しましたか。

(10) 第一次大戦後《だいいちじたいせんご》、どうして日本経済《にほんけいざい》は不況《ふきょう》になりましたか。

第11課《だいじゅういっか》　昭和時代《しょうわじだい》

1911年中国《ねんちゅうごく》で辛亥革命《しんがいかくめい》、1917年《ねん》ロシアで共産主義革命《きょうさんしゅぎかくめい》が起《お》こった。ロシアは革命後《かくめいご》にコミンテルン1を結成《けっせい》2し、共産主義《きょうさんしゅぎ》を世界《せかい》に広《ひろ》げようとした。その影響《えいきょう》で日本《にほん》でも労働運動《ろうどううんどう》が激化《げきか》したため、この動《うご》きに対抗《たいこう》して治安維持法《ちあんいじほう》が制定《せいてい》された（註1）。

1924年世界恐慌《ねんせかいきょうこう》が起《お》こると、日本《にほん》も倒産《とうさん》3・失業《しつぎょう》が相次《あいつ》いだ。特《とく》に農村《のうそん》は壊滅的《かいめつてき》4打撃《だげき》を受《う》け、欠食《けっしょく》5児童《じどう》や身売《みう》り6が続出《ぞくしゅつ》7した。この状況《じょうきょう》に於《お》いて政党政治家《せいとうせいじか》も財閥《ざいばつ》も傍観《ぼうかん》8していたので、軍部《ぐんぶ》が独走《どくそう》9し始《はじ》めた（註2）。世界《せかい》に排他的《はいたてき》10経済《けいざい》ブロック11が形成《けいせい》され、折《おり》から12の人口《じんこう》の増加《ぞうか》とアメリカの排日移民法《はいにちいみんほう》で行《ゆ》き場《ば》を失《うしな》った日本《にほん》は満州《まんしゅう》に活路《かつろ》を求《もと》めた（註3）。また、満州《まんしゅう》を共《きょう》産主義《さんしゅぎ》の防波堤《ぼうはてい》とする考《かんが》えもあった。このことが列強及《れっきょうおよ》び中《ちゅう》国《ごく》との摩擦《まさつ》を強《つよ》め、満州事変《まんしゅうじへん》、満州国建国《まんしゅうこくけんこく》、日中戦争《にっちゅうせんそう》、日米戦《にちべいせん》争《そう》、敗戦《はいせん》へとつながって行《い》った。

戦後《せんご》の日本《にほん》は吉田茂首相《よしだしげるしゅしょう》の元《もと》で国内経済《こくないけいざい》の発展《はってん》を重視《じゅうし》した。朝鮮戦争特需《ちょうせんせんそうとくじゅ》13によって好景気《こうけいき》になり、池田隼人内閣《いけだはやとないかく》の高度成《こうどせい》長政策《ちょうせいさく》が波《なみ》に乗《の》り、1960年代後半《ねんだいこうはん》には世界有数《せかいゆうすう》14の工業国《こうぎょうこく》となり、1970年代《ねんだい》には世界第二《せかいだいに》の経済大国《けいざいたいこく》へと成長《せいちょう》した。1964年《ねん》に新幹線《しんかんせん》が東京《とうきょう》・大阪間《おおさかかん》で開通《かいつう》15し、東京《とうきょう》オリンピック16が開催《かいさい》17された。1970年《ねん》には大阪《おおさか》で万国博覧会《ばんこくはくらんかい》18が開《ひら》かれ19、ノーベル賞《しょう》20受賞者《じゅしょうしゃ》21も現《あらわ》れた。そして、二度《にど》に渡《わた》る石油危機《せきゆきき》を乗《の》り越《こ》えて22日本経済《にほんけいざい》は力強《ちからづよ》い成長《せいちょう》を遂《と》げた23。だが、一方《いっぽう》では公害問題《こうがいもんだい》が深刻化《しんこくか》24し、繁栄《はんえい》を誇《ほこ》った25経済《けいざい》も平成時代《へいせいじだい》にバブル26として弾《はじ》け27、その後遺症《こういしょう》で長《なが》い不況《ふきょう》28に見舞《みま》われる29ことになる。

新憲法の公布(1946＝昭和21)

新憲法公布を記念する東京都民の祝賀会 1946年11月3日，民主的な新憲法の公布を祝って，全国各地で祝賀行事が行われた。東京では皇居前広場で祝賀都民大会が開かれ，会場には天皇・皇后も出席し，約10万人が集まった。

解説 大日本帝国憲法に代わって登場した新憲法は，ＧＨＱの憲法草案をもとにつくられた。それは，これまでの軍国主義に対する反省から，**国民主権・基本的人権の尊重・平和主義**を基本理念とし，天皇を日本国および日本国民統合の象徴と定めた画期的なものだった。

『日本国憲法』 **国民主権**を規定した新憲法であったが，大日本帝国憲法の改正手続きにのっとり，**勅令《ちょくれい》**によって公布されるという矛盾もあった。

新出単語《しんしゅつたんご》

1. コミンテルン　〔名〕共產國際
2. 結成《けっせい》　〔名・動／する〕結成
3. 倒産《とうさん》　〔名・動／する〕倒產
4. 壊滅的《かいめつてき》　〔形動〕毀滅性的
5. 欠食《けっしょく》　〔名〕缺食
6. 身《み》売《う》り　〔名〕賣身
7. 続出《ぞくしゅつ》　〔名・動／する〕接連發生
8. 傍観《ぼうかん》　〔名・動／する〕旁觀
9. 独走《どくそう》　〔名・動／する〕單獨行動
10. 排他的《はいたてき》　〔形動〕排他的
11. ブロック　〔名〕集團
12. 折《おり》から　〔副詞〕恰好
13. 特需《とくじゅ》　〔名〕特別需要
14. 有数《ゆうすう》　〔名〕屈指可數
15. 開通《かいつう》　〔名・動／する〕開通
16. オリンピック　〔名〕奧林匹克運動會
17. 開催《かいさい》　〔名・動／する〕舉辦

18. 万国博覧会《ばんこくはくらんかい》　〔名〕萬國博覽會

19. 開《ひら》く　〔動〕開

20. ノーベル賞《しょう》　〔名〕諾貝爾獎金

21. 受賞者《じゅしょうしゃ》　〔名〕獲獎者

22. 乗《の》り越《こ》える　〔動〕度過

23. 遂《と》げる　〔動〕達成

24. 深刻化《しんこくか》　〔名・動／する〕嚴重化

25. 誇《ほこ》る　〔動〕自豪

26. バブル　〔名〕泡沫經濟

27. 弾《はじ》ける　〔動〕裂開

28. 不況《ふきょう》　〔名〕不景氣

29. 見舞《みま》う　〔動〕遭受

註釈《ちゅうしゃく》

1．後《のち》に治安維持法《ちあんいじほう》には死刑《しけい》が追加《ついか》されたが、実際《じっさい》に死刑《しけい》が実行《じっこう》されたことはなかった。但《ただ》し、取調《とりしら》べの過酷《かこく》さで死《し》んだ容疑者《ようぎしゃ》はいた。

2．農村《のうそん》の困窮《こんきゅう》に対《たい》して、政党政治家《せいとうせいじか》・財閥《ざいばつ》の無関心《むかんしん》ぶりはひどすぎた。当時《とうじ》、軍部青年将校《ぐんぶせいねんしょうこう》には農村出身者《のうそんしゅっしんしゃ》が多《おお》く、自分《じぶん》たちがやらねば誰《だれ》がやる、という考《かんが》えを強《つよ》めたのである。また、軍部独走《ぐんぶどくそう》の原因《げんいん》の一《ひと》つには「軍部大臣現役武官制《ぐんぶだいじんげんえきぶかんせい》」が挙《あ》げられる。これは陸軍大臣《りくぐんだいじん》、海軍大臣《かいぐんだいじん》は現役《げんえき》の大将《たいしょう》・中将《ちゅうじょう》でなければならないという制度《せいど》であり、陸軍《りくぐん》はこれを利用《りよう》して気《き》に入《い》らない内閣《ないかく》には大臣《だいじん》を送《おく》らず、内閣《ないかく》を流産《りゅうざん》させた。

3．当時《とうじ》、日本《にほん》の産業力《さんぎょうりょく》では人口《じんこう》9千万人《せんまんにん》が限度《げんど》と考《かんが》えられていて、移民《いみん》させなければならなかった。当初《とうしょ》、移民先《いみんさき》はハワイだったが、排日移民法《はいにちいみんほう》の成立《せいりつ》でアメリカに移民《いみん》できなくなったため、満州《まんしゅう》への移民《いみん》が増《ふ》えたのである。

重要文型《じゅうようぶんけい》

1. ～に対抗《たいこう》して…

① 田中《たなか》さんに対抗《たいこう》して、鈴木《すずき》さんを新《あたら》しい社長候補《しゃちょうこうほ》に擁立《ようりつ》した。

② ライバル会社《がいしゃ》に対抗《たいこう》して、新製品《しんせいひん》を開発《かいはつ》した。

2. ～が相次《あいつ》ぐ

① 倒産自殺《とうさんじさつ》が相次《あいつ》いだ。

② 彼《かれ》の身《み》の上《うえ》に不幸《ふこう》が相次《あいつ》いだ。

3. 折《おり》からの～で

① 折《おり》からの吹雪《ふぶき》で視界《しかい》は全《まった》く見《み》えなくなった。

② 折《おり》からのSARSで旅行会社《りょこうがいしゃ》は大打撃《だいだげき》を受《う》けた。

4. ～が波《なみ》に乗《の》る

① 新《あたら》しい曲《きょく》が波《なみ》に乗《の》って広《ひろ》まり、若者《わかもの》の心《こころ》を捉《とら》えた。

② 社長《しゃちょう》の新方針《しんほうしん》が波《なみ》に乗《の》り、業績《ぎょうせき》は好転《こうてん》し始《はじ》めた。

5. ～へと成長《せいちょう》する

① 彼《かれ》の会社《かいしゃ》は国内有数《こくないゆうすう》の企業《きぎょう》へと成長《せいちょう》した。

② 努力《どりょく》したため、彼女《かのじょ》は大《だい》スターへと成長《せいちょう》した。

6. ～度《たび》（回《かい》）に渡《わた》る…

① 三度《さんど》に渡《わた》る闘病生活《とうびょうせいかつ》を乗《の》り越《こ》え、彼《かれ》は復活《ふっかつ》した。

② 彼《かれ》は四回《よんかい》に渡《わた》って企業《きぎょう》から賄賂《わいろ》を受《う》け取《と》った。

練習《れんしゅう》

1. 重要文型《じゅうようぶんけい》を参考《さんこう》にして、短文《たんぶん》を作《つく》りなさい。

（1）～に対抗《たいこう》して…

（2）～が相次《あいつ》いだ

（3）折《おり》からの～で

（4）～が波《なみ》に乗《の》る

（5）～へと成長《せいちょう》する

（6）～度《ど》（回《かい》）に渡《わた》る…

2. 次《つぎ》の質問《しつもん》に日本語《にほんご》で答《こた》えなさい。

（1）どうして日本《にほん》に労働運動《ろうどううんどう》が激化《げきか》しましたか。

(2) 労働運動《ろうどううんどう》に対《たい》して、日本《にほん》はどうしましたか。

(3) 世界恐慌《せかいきょうこう》が起《お》こると、日本《にほん》はどうなりましたか。

(4) 日本《にほん》ではどうして軍部《ぐんぶ》が独走《どくそう》しましたか。

(5) どうして日本《にほん》は満州《まんしゅう》に進出《しんしゅつ》しましたか。

(6) 戦後《せんご》の日本《にほん》は何《なに》を重視《じゅうし》しましたか。

(7) 最初新幹線《さいしょしんかんせん》はどことどこの間《あいだ》を開通《かいつう》しましたか。

(8) 東京《とうきょう》オリンピックはいつ開催《かいさい》されましたか。

(9) 石油危機《せきゆきき》は何回《なんかい》ありましたか。

(10) バブル経済《けいざい》はいつ弾《はじ》けましたか。

第１2課《だいじゅうにか》　日本《にほん》の思想《しそう》

その国《くに》の自然観《しぜんかん》は思想形成《しそうけいせい》に大《おお》きな役割《やくわり》1を果《は》たしている。日《に》本《ほん》は海《うみ》の幸《さち》2、山《やま》の幸《さち》3に恵《めぐ》まれ4、外敵《がいてき》も少《すく》なかったため、自《し》然《ぜん》と対立《たいりつ》するよりも融和《ゆうわ》5することから始《はじ》まった。そのため、「和《わ》」を尊《とうと》ぶ6思想《しそう》が形成《けいせい》された。これは「古事記《こじき》」に「清《きよ》き明《あか》き心《こころ》7」と表現《ひょうげん》されている。これは「穢《けが》れ8」を嫌《きら》い9、清潔《せいけつ》を好《この》む10国民性《こくみんせい》の基本《きほん》となったが、思想《しそう》と言《い》うより多分《たぶん》に11心情的《しんじょうてき》12なもので、日本《にほん》には中核《ちゅうかく》13になり得る大《おお》きな思想《しそう》は生《う》まれなかった（註1）。だが、周囲《しゅうい》と隔絶《かくぜつ》14しているため、大陸《たいりく》の文化《ぶんか》を日《に》本人《ほんじん》に合《あ》う15ように変《か》えて16取《と》り入《い》れる17ことができた。

仏教《ぶっきょう》は奈良時代《ならじだい》に神仏習合《しんぶつしゅうごう》思想《しそう》で神道《しんとう》と共存《きょうぞん》したが、平安《へいあん》時代末期《じだいまっき》から戦乱《せんらん》が増《ふ》えたため、末法思想《まっぽうしそう》や仏教的無常観《ぶっきょうてきむじょうかん》が支《し》配《はい》18するようになった。その後《ご》、次第《しだい》に日本化《にほんか》して行《ゆ》き、中世《ちゅうせい》には妻帯肉食《さいたいにくしょく》19する宗派《しゅうは》も現《あらわ》れた（註2）。

中国《ちゅうごく》の南宋時代《なんそうじだい》、日本《にほん》に禅宗《ぜんしゅう》が本格的《ほんかくてき》20に伝《つた》わる21と流行《りゅうこう》して行《い》った。同時《どうじ》に朱子学《しゅしがく》ももたらされ、その大義名分論《たいぎめいぶんろん》は徳川《とくがわ》幕府《ばくふ》の指針《ししん》22となった（註3）。その後《ご》、儒学《じゅがく》に復古運動《ふっこうんどう》が起《お》こると国学《こくがく》（註4）も興隆《こうりゅう》し、明治《めいじ》の王政復古《おうせいふっこ》につながって行《い》った。

近代以降《きんだいいこう》、廃仏毀釈《はいぶつきしゃく》[23]の嵐《あらし》[24]が続《つづ》いたが、国粋保存主義《こくすいほぞんしゅぎ》・日《に》本主義《ほんしゅぎ》が起《お》こって日本《にほん》の伝統《でんとう》にも価値《かち》を求《もと》めた(註5)。欧米《おうべい》からは自由主義《じゆうしゅぎ》・功利主義思想《こうりしゅぎしそう》、天賦人権思想《てんぷじんけんしそう》が伝来《でんらい》し、福沢諭吉《ふくざわゆきち》、中江兆民《なかえちょうみん》などの啓蒙思想家《けいもうしそうか》が活躍《かつやく》した(註6)。政治思想《せいじしそう》としては自由民権運動《じゆうみんけんうんどう》の台頭《たいとう》によって民本主義《みんぽんしゅぎ》(註7)が唱《とな》えられた[25]。同時《どうじ》に資本主義《しほんしゅぎ》が発達《はったつ》して社会主義思想《しゃかいしゅぎしそう》が現《あらわ》れ、労働者階級《ろうどうしゃかいきゅう》に影響《えいきょう》を与《あた》え始《はじ》めた。

戦後《せんご》はマルクス主義《しゅぎ》[26]が流行《りゅうこう》し、各地《かくち》で過激派《かげきは》[27]の学生《がくせい》が暴動《ぼうどう》を起《お》こしたが、今日《こんにち》では全《まった》くマルクス主義《しゅぎ》は顧《かえり》みられて[28]いない。

新出単語《しんしゅつたんご》

1. 役割《やくわり》　〔名〕角色

2. 海《うみ》の幸《さち》　〔名〕海產

3. 山《やま》の幸《さち》　〔名〕山珍

4. 恵《めぐ》まれる　〔動〕富有

5. 融和《ゆうわ》　〔名・動／する〕融洽

6. 尊《とうと》ぶ　〔動〕尊敬

7. 清《きよ》き明《あかる》き心《こころ》　〔複合名詞〕清明之心

8. 穢《けが》れ　〔名〕不純潔，污穢

9. 嫌《きら》う　〔動〕忌避，厭惡

10. 好《この》む　〔動〕愛好

11. 多分《たぶん》に　〔副〕多

12. 心情的《しんじょうてき》　〔形動〕感情上

13. 中核《ちゅうかく》　〔名〕骨幹

14. 隔絶《かくぜつ》　〔名・動／する〕隔絕

15. 合《あ》う　〔動〕合適

16. 変《か》える　〔動〕改變

17. 取《と》り入《い》れる　〔動〕導入

18. 支配《しはい》　〔名・動／する〕支配

19. 妻帯肉食《さいたいにくしょく》　〔名〕吃葷娶妻

20. 本格的《ほんかくてき》　〔形動〕正式的

21. 伝《つた》わる　〔動〕傳入

22. 指針《ししん》　〔名〕指針

23. 廃仏毀釈《はいぶつきしゃく》　〔名〕廢佛毀釋

24. 嵐《あらし》　〔名〕風暴

25. 唱《とな》える　〔動〕提倡

26. マルクス主義《しゅぎ》　〔名〕馬剋斯主義

27. 過激派《かげきは》　〔名〕過激派

28. 顧《かえり》みる　〔動〕顧慮

註釈《ちゅうしゃく》

1・日本《にほん》には中国《ちゅうごく》の「諸子百家《しょしひゃっか》」のようなものはなかった。これは、日本《にほん》が集団的《しゅうだんてき》にまとまろうとしていた時《とき》、すでに中国《ちゅうごく》にかなり完成《かんせい》された思想《しそう》・制度《せいど》があったため、自《みずか》ら生《う》み出《だ》す必要《ひつよう》がなかったという理由《りゆう》もあるが、地理的条件《ちりてきじょうけん》から言《い》っても、日本《にほん》のような小《ちい》さな島国《しまぐに》には大思想《だいしそう》や大文明《だいぶんめい》は生《う》まれにくい。

2・親鸞《しんらん》は、仏《ほとけ》は善人《ぜんにん》さえも救《すく》おうとするから、悪人《あくにん》ならもっと救《すく》おうとするという「悪人正機説《あくにんしょうきせつ》」を唱《とな》えた。

3・江戸幕府《えどばくふ》は朱子学《しゅしがく》を官学《かんがく》としたが、思想統制《しそうとうせい》ではない。民間人《みんかんじん》は自由《じゆう》に他《た》の学問《がくもん》を研究《けんきゅう》できた。

4・江戸時代《えどじだい》の国学者《こくがくしゃ》としては、荷田春満《かだのあずまろ》、賀茂真淵《かものまぶち》、本居宣長《もとおりのりなが》、平田篤胤《ひらたあつたね》の四人《よにん》が有名《ゆうめい》である。

5・当時《とうじ》の国粋主義《こくすいしゅぎ》は今日《こんにち》では保守主義《ほしゅしゅぎ》であり、日本主義《にほんしゅぎ》が今日《こんにち》の国粋主義《こくすいしゅぎ》に相当《そうとう》する。

6・思想団体《しそうだんたい》としては、初代文部大臣森有礼《しょだいもんぶだいじんもりありのり》の提案《ていあん》によって明六社《みんろくしゃ》ができた。

7・吉野作造《よしのさくぞう》が民本主義《たみもとしゅぎ》を唱《とな》えたのだが、これは政治上一般民衆《せいじじょういっぱんみんしゅう》を重《おも》んずべきことを説《と》く思想《しそう》であり、民主主義《みんしゅしゅぎ》とは違《ちが》う。

重要文型《じゅうようぶんけい》

1. ～に大《おお》きな役割《やくわり》を果《は》たす

① 彼《かれ》の研究《けんきゅう》は科学《かがく》の発展《はってん》に大《おお》きな役割《やくわり》を果《は》たした。

② 太陽熱発電《たいようねつはつでん》は地球《ちきゅう》の環境悪化防止《かんきょうあっかぼうし》に大《おお》きな役割《やくわり》を果《は》たす。

2. ～と言《い》うより多分《たぶん》に…

① 環境保護派《かんきょうほごは》の意見《いけん》は正義感《せいぎかん》と言《い》うより多分《たぶん》に利己的《りこてき》なものだ。

② 解放《かいほう》というより多分《たぶん》に侵略的《しんりゃくてき》なものだ。

3. 次第《しだい》に～化《か》して行《ゆ》く

① 緑地《りょくち》は次第《しだい》に砂漠化《さばくか》して行《い》った。

② 医師団《いしだん》の努力《どりょく》にもかかわらず、彼《かれ》の病気《びょうき》は次第《しだい》に悪化《あっか》して行《い》った。

4. ～がもたらされる

① 開国後《かいこくご》、アメリカからリンゴの木《き》がもたらされた。

② 朝鮮《ちょうせん》から活版印刷《かっぱんいんさつ》の技術《ぎじゅつ》がもたらされた。

5. ～の指針《ししん》となる

① 板垣退助《いたがきたいすけ》の思想《しそう》は民権運動《みんけんうんどう》の指針《ししん》となった。

② 明治政府《めいじせいふ》の教育勅語《きょういくちょくご》はその後《ご》の教育政策《きょういくせいさく》の指針《ししん》となった。

練習《れんしゅう》

1. 重要文型《じゅうようぶんけい》を参考《さんこう》にして、短文《たんぶん》を作《つく》りなさい。

(1) ～に大《おお》きな役割《やくわり》を果《は》たす

(2) ～と言《い》うより多分《たぶん》に…

(3) 次第《しだい》に～化《か》して行《い》く

(4) ～がもたらされる

(5) ～の指針《ししん》となる

2. 次《つぎ》の質問《しつもん》に日本語《にほんご》で答《こた》えなさい。

(1) 思想形成《しそうけいせい》に大《おお》きな役割《やくわり》を果《は》たすのは何《なん》ですか。

(2) 古代日本《こだいにほん》の国民性《こくみんせい》の基本《きほん》は何《なん》ですか。

(3) 仏教《ぶっきょう》は奈良時代《ならじだい》、神道《しんとう》と共存《きょうぞん》していましたか。

(4) 仏教《ぶっきょう》は平安時代《へいあんじだい》にどうなりましたか。

(5) 仏教《ぶっきょう》は中世《ちゅうせい》にどうなりましたか。

(6) 禅宗《ぜんしゅう》が本格的《ほんかくてき》に日本《にほん》に伝《つた》わったのはいつですか。

(7) 徳川幕府《とくがわばくふ》の指針《ししん》は何《なん》ですか。

(8) 国学《こくがく》はどうして興隆《こうりゅう》しましたか。

(9) 西洋《せいよう》からどんな思想《しそう》が伝《つた》わりましたか。

(10) 近代《きんだい》、日本《にほん》にどんな政治思想《せいじしそう》が起《お》こりましたか。

第《だい》1《じゅう》3《さん》課《か》　日本《にほん》の宗教《しゅうきょう》

日本《にほん》の主《おも》な宗教《しゅうきょう》には神道《しんとう》と仏教《ぶっきょう》がある。神道《しんとう》は原始的精霊《げんしてきせいれい》崇拝《すうはい》から始《はじ》まり、万物《ばんぶつ》1全《すべ》てに神《かみ》を認《みと》める多神教《たしんきょう》（八百万《やおよろず》の神《かみ》神《がみ》）である。平安時代初期《へいあんじだいしょき》には神仏習合思想《しんぶつしゅうごうしそう》から仏主神従《ぶつしゅしんじゅう》の神《しん》道《とう》・本地垂迹説《ほんちすいじゃくせつ》（註 1）が唱《とな》えられたが、鎌倉時代《かまくらじだい》には神主仏従《しんしゅぶつじゅう》の伊勢神道《いせしんとう》が起《お》こった（註 2）。また、山岳信仰《さんがくしんこう》と結《むす》びついて修験道《しゅげんどう》が生《う》まれた（註 3）。室町時代《むろまちじだい》には神道《しんとう》を中心《ちゅうしん》に儒仏《じゅぶつ》を統一《とういつ》する唯《ゆい》一神道《いつしんとう》が成立《せいりつ》し、江戸時代《えどじだい》には神儒一致《しんじゅいっち》の垂加神道《すいかしんとう》（註 4）が起《お》こって、幕末《ばくまつ》の王政復古《おうせいふっこ》につながる復古神道《ふっこしんとう》（註 5）が形成《けいせい》された。この時代《じだい》に明治政府《めいじせいふ》は神仏分離《しんぶつぶんり》を行《おこな》い、国家神道《こっかしんとう》を制度化《せいどか》した。第二次大戦後《だいにじたいせんご》、占領軍《せんりょうぐん》が国家《こっか》と神道《しんとう》を分離《ぶんり》したため、国家神道《こっかしんとう》は消滅《しょうめつ》2して個別《こべつ》の神道《しんとう》である教派神道《きょうはしんとう》が残《のこ》ることになった。

仏教《ぶっきょう》は日本伝来当初《にほんでんらいとうしょ》、国家《こっか》の保護《ほご》を受けて興隆《こうりゅう》し、六《むっ》つの教《きょう》派《は》（南都六宗《なんとりくしゅう》）があったが、教派《きょうは》よりも学派《がくは》の性質《せいしつ》を帯《お》びており、相互《そうご》の兼学《けんがく》も盛《さか》んだった。だが腐敗《ふはい》したため、平安時代初《へいあんじだいしょ》期《き》、最澄《さいちょう》が天台宗《てんだいしゅう》、空海《くうかい》が真言宗《しんごんしゅう》を設立《せつりつ》して仏教界《ぶっきょうかい》の刷新《さっしん》を図《はか》った。その後《ご》、浄土思想《じょうどしそう》が流行《りゅうこう》し、やがて平安末期《へいあんまっき》の戦乱《せんらん》から末法思想《まっぽうしそう》が広《ひろ》まった。鎌倉時代《かまくらじだい》には新仏教各派《しんぶっきょうかくは》が起《お》こり、困難《こんなん》な修行《しゅぎょう》は不要《ふよう》[3]と唱《とな》えて民間《みんかん》に広《ひろ》まって行《い》った。室町時代《むろまちじだい》には五山《ござん》・十刹《じゅっさつ》の制度《せいど》を定《さだ》めたが世俗化《せぞくか》し、戦国時代《せんごくじだい》には武装《ぶそう》して宗教一揆《しゅうきょういっき》を起《お》こした。江戸時代《えどじだい》はキリスト教禁止政策《きょうきんしせいさく》で優遇《ゆうぐう》[4]されたが世俗化《せぞくか》し、近代《きんだい》に入《はい》ると廃仏毀釈《はいぶつきしゃく》の風潮《ふうちょう》によって一時《いちじ》的《てき》に衰《おとろ》える[5]が、その後復興《ごふっこう》して今日《こんにち》に至《いた》って[6]いる。然《しか》し[7]、戦後《せんご》に宗教団体《しゅうきょうだんたい》[8]が政党《せいとう》[9]を作《つく》って参政《さんせい》したため、他《た》の教団《きょうだん》[10]も政治《せいじ》と結《むす》びつくようになった。

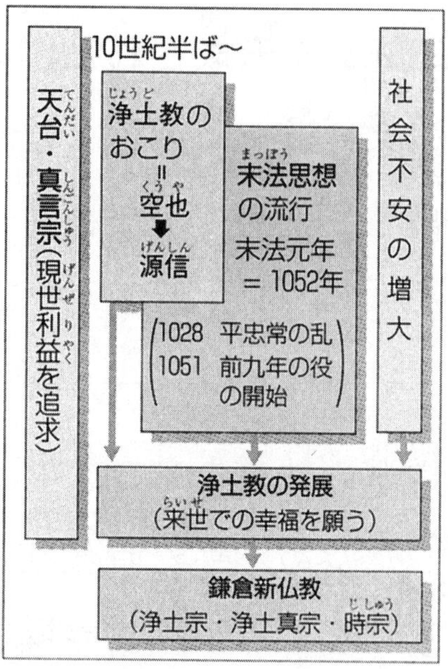

神仏習合

解説 仏教の普及とともに，古代より行われていた神々の信仰とのあいだに融合の動きがおこった。平安初期から，神社の境内に神宮寺《じんぐうじ》を建て，神前で読経《どきょう》したり，寺院の境内に守護神をまつるなどの傾向が強まっていった。

新出単語《しんしゅつたんご》

1. 万物《ばんぶつ》　〔名〕萬物
2. 消滅《しょうめつ》　〔名・動／する〕消滅
3. 不要《ふよう》　〔形動〕不需要
4. 優遇《ゆうぐう》　〔名・動／する〕優遇
5. 衰《おとろ》える　〔動〕衰退
6. 至《いた》る　〔動〕至
7. 然《しか》し　〔副〕可是
8. 団体《だんたい》　〔名〕團體
9. 政党《せいとう》　〔名〕政黨
10. 教団《きょうだん》　〔名〕宗教團體

註釈《ちゅうしゃく》

1. 本地垂迹説《ほんちすいじゃくせつ》は仏《ほとけ》が人間《にんげん》を救済《きゅうさい》するために神《かみ》の姿《すがた》を借《か》りて現《あらわ》れたのだという考《かんが》えである。
2. 伊勢神道《いせしんとう》は仏教《ぶっきょう》以外《いがい》にも儒教《じゅきょう》や道教《どうきょう》、陰陽道《おんみょうどう》などを取《と》り入《い》れている。

3. 修験道《しゅげんどう》は平安時代《へいあんじだい》、天台宗《てんだいしゅう》・真言宗《しんごんしゅう》が山岳信仰《さんがくしんこう》と結《むす》びついて生《う》まれたものである。両宗派《りょうしゅうは》は世俗化《せぞくか》した都市仏教《としぶっきょう》から離《はな》れ、山奥《やまおく》に修行《しゅぎょう》の場《ば》を求《もと》めた。

4. 垂加神道《すいかしんとう》は朱子学者《しゅしがくしゃ》・山崎闇斎《やまざきあんさい》が創始《そうし》した神道《しんとう》であり、尊王思想《そんのうしそう》を説《と》いた。

5. 平田篤胤《ひらたあつたね》の唱《とな》えた国粋主義的《こくすいしゅぎてき》な神道《しんとう》であり、随神道《かんながらのみち》を主張《しゅちょう》した。

重要文型《じゅうようぶんけい》

1. 〜と結《むす》びついて

① 政商《せいしょう》とは、政治家《せいじか》と結《むす》びついて取引《とりひき》する商人《しょうにん》です。

② 田中代議士《たなかだいぎし》は新興宗教《しんこうしゅうきょう》と結《むす》びついて総理《そうり》の座《ざ》を狙《ねら》った。

2. 〜を中心《ちゅうしん》に…

① 日本《にほん》は繊維産業《せんいさんぎょう》を中心《ちゅうしん》に産業化《さんぎょうか》して行《い》った。

② 世界《せかい》のコンピューターは台湾《たいわん》を中心《ちゅうしん》に発展《はってん》している。

3. 〜を唱《とな》えて…

① 彼《かれ》は専務《せんむ》の意見《いけん》に異《い》を唱《とな》えて立《た》ち上《あ》がった。

② 最後《さいご》に万歳三唱《ばんざいさんしょう》を唱《とな》えて会議《かいぎ》は終《お》わった。

4. ～て今日《こんにち》に至《いた》っている

① 彼《かれ》は二十歳《はたち》で財《ざい》をなして今日《こんにち》に至《いた》っている。

② 二十世紀《にじゅっせいき》にアメリカが超大国《ちょうたいこく》の地位《ちい》を確立《かくりつ》して今日《こんにち》に至《いた》っている。

5. 一時的《いちじてき》に～が、

① 病状《びょうじょう》は一時的《いちじてき》に回復《かいふく》に向《む》かったが、間《ま》も無《な》く悪化《あっか》し始《はじ》めた。

② この政策《せいさく》では一時的《いちじてき》に経済《けいざい》が上向《うわむ》くが、すぐにまた落《お》ち込《こ》む。

練習《れんしゅう》

1. 重要文型《じゅうようぶんけい》を参考《さんこう》にして、短文《たんぶん》を作《つく》りなさい。

(1) ～と結《むす》びついて

(2) ～を中心《ちゅうしん》に…

(3) ～を唱《とな》えて…

(4) ～て今日《こんにち》に至《いた》っている

(5) 一時的《いちじてき》に～が、

2. 次《つぎ》の質問《しつもん》に日本語《にほんご》で答《こた》えなさい。

（1） 日本《にほん》の主《おも》な宗教《しゅうきょう》は何《なに》ですか。

（2） 神道《しんとう》はどんな宗教《しゅうきょう》ですか。

（3） 平安時代《へいあんじだい》にはどんな神道《しんとう》がありましたか。

（4） 神道《しんとう》は山岳信仰《さんがくしんこう》と結《むす》びついてどうなりましたか。

（5） 明治政府《めいじせいふ》は宗教《しゅうきょう》に対《たい》してどんな政策《せいさく》を行《おこな》いましたか。

（6） 戦後《せんご》、神道《しんとう》はどうなりましたか。

（7） 仏教《ぶっきょう》は当初《とうしょ》、いくつの宗派《しゅうは》がありましたか。

（8） 仏教《ぶっきょう》は鎌倉時代《かまくらじだい》にどう変《か》わりましたか。

（9） 仏教《ぶっきょう》は戦国時代《せんごくじだい》どうなりましたか。

（10） 江戸時代《えどじだい》、幕府《ばくふ》はどんな宗教政策《しゅうきょうせいさく》を取《と》りましたか。

第《だい》14《じゅうよん》課《か》　日本《にほん》の文学《ぶんがく》

奈良時代《ならじだい》には遣唐使《けんとうし》の派遣《はけん》によって中国《ちゅうごく》との交流《こうりゅう》が進《すす》むと、漢文学《かんぶんがく》も盛《さか》んになった。奈良時代《ならじだい》には淡海三船《おおみのみふね》、石上宅嗣《いそのかみのかやつぐ》などの漢文学者《かんぶんがくしゃ》が現《あらわ》れ、751年《ねん》に「懐風藻《かいふうそう》[1]」が作《つく》られた。国文学《こくぶんがく》では和歌集《わかしゅう》として大伴家持《おおとものやかもち》が日本最初《にほんさいしょ》の和歌集《わかしゅう》「万葉集《まんようしゅう》[2]」(註 1)を編纂《へんさん》した。

平安時代《へいあんじだい》にはかな[3]が発達《はったつ》し、女流作家《じょりゅうさっか》による国文学《こくぶんがく》が興隆《こうりゅう》した。和歌《わか》では紀貫之《きのつらゆき》が日本最初《にほんさいしょ》の勅撰《ちょくせん》[4]歌集《かしゅう》[5]「古今和歌集《こきんわかしゅう》」を編纂《へんさん》し、物語《ものがたり》[6]では「竹取物語《たけとりものがたり》」を始《はじ》め、歌物語集《うたものがたりしゅう》の「伊勢物語《いせものがたり》」、紀行文《きこうぶん》[7]の「土佐日記《とさにっき》」が現《あらわ》れ、11世紀《せいき》の初頭《しょとう》には紫式部《むらさきしきぶ》の「源氏物語《げんじものがたり》」(註 2)が完成《かんせい》した。これは清少納言《せいしょうなごん》の随筆《ずいひつ》「枕草子《まくらのそうし》」(註 3)と並《なら》んで平安時代《へいあんじだい》の代表作《だいひょうさく》である(註 4)。

武家政権《ぶけせいけん》が起《お》こると従来《じゅうらい》の和歌《わか》・国文学《こくぶんがく》に加《くわ》えて、軍記物《ぐんきもの》[8]・説話集《せつわしゅう》が現《あらわ》れた。「平家物語《へいけものがたり》」を始《はじ》めとし、戦乱《せんらん》を題材《だいざい》にした軍記物《ぐんきもの》、庶民《しょみん》の説話《せつわ》[9]をまとめた「宇治拾遺物語《うじしゅういものがたり》」などである。また、随筆《ずいひつ》では吉田兼好《よしだけんこう》の「徒然草《つれづれぐさ》」(註 5)が現《あらわ》れた。

南北朝期《なんぼくちょうき》には禅僧《ぜんそう》による五山文学以外《ござんぶんがくいがい》に、「神皇正統記《じんのうしょうとうき》」（註 6）、「増鏡《ますかがみ》」（註 7）などの歴史文学《れきしぶんがく》が現《あらわ》れた。また、連歌《れんが》が（註 8）流行《りゅうこう》し、二条良基《にじょうよしもと》が「菟玖波集《つくばしゅう》」を編纂《へんさん》した。

江戸時代《えどじだい》は当初関西《とうしょかんさい》を中心《ちゅうしん》とした庶民的《しょみんてき》な文学《ぶんがく》が栄《さか》える[10]一方《いっぽう》、松尾芭蕉《まつおばしょう》が俳句《はいく》を完成《かんせい》させた（註 9）。後期《こうき》には江戸《えど》が中心《ちゅうしん》となった享楽的《きょうらくてき》・退廃的《たいはいてき》[11]な文学《ぶんがく》が広《ひろ》まり、洒落本《しゃれほん》（註 10）、滑稽本《こっけいほん》（註 11）が現《あらわ》れた。川柳《せんりゅう》（註 12）もこの頃現《ごろあらわ》れた。

近代《きんだい》には言文一致運動《げんぶんいっちうんどう》が起《お》こり（註 13）、当初《とうしょ》はロマン主義文学《しゅぎぶんがく》（註 14）が発達《はったつ》したが、自然主義《しぜんしゅぎ》（註 15）へと転換《てんかん》した。夏目漱石《なつめそうせき》と芥川龍之介《あくたがわりゅうのすけ》はこの時代《じだい》の代表的《だいひょうてき》な文学者《ぶんがくしゃ》である。昭和《しょうわ》に入《はい》ると三島由紀夫《みしまゆきお》（註 16）が異色《いしょく》[12]な作品《さくひん》を発表《はっぴょう》し、1986年《ねん》には川端康成《かわばたやすなり》、1994 年には大江健三郎《おおえけんざぶろう》がノーベル文学賞《ぶんがくしょう》を受賞《じゅしょう》した。

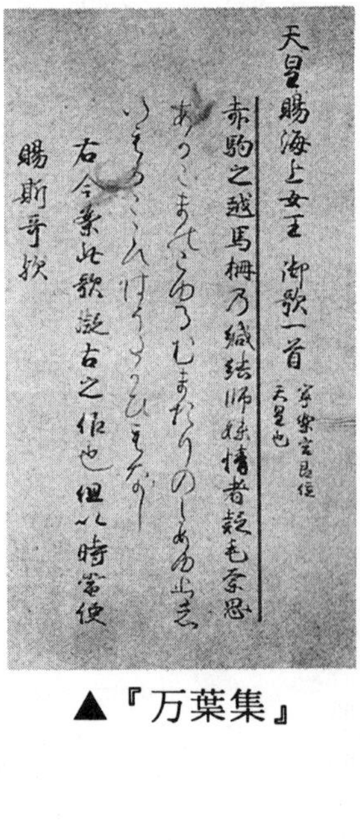

▲『万葉集』

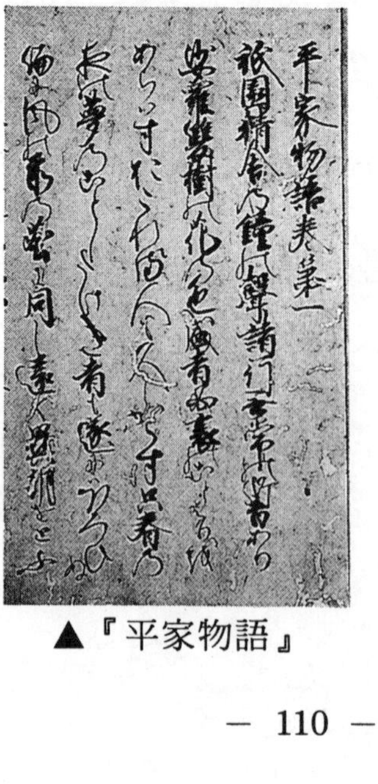

▲『平家物語』

◀『吾輩は猫である』
猫に託して作者の社会観を語り，漱石の文名を高めた小説。

▶夏目漱石(1867〜1916)
近代的教養人の自我と葛藤《かっとう》を描いた。

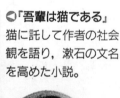

新出単語《しんしゅつたんご》

1. 懐風藻《かいふうそう》　〔名〕懷風藻
2. 万葉集《まんようしゅう》　〔名〕萬葉集
3. かな　〔名〕假名
4. 勅撰《ちょくせん》　〔名・動／する〕敕撰
5. 歌集《かしゅう》　〔名〕歌集
6. 物語《ものがたり》　〔名〕故事
7. 紀行文《きこうぶん》　〔名〕旅行集
8. 軍記物《ぐんきぶつ》　〔名〕軍事故事
9. 説話《せつわ》　〔名〕故事
10. 栄《さか》える　〔動〕隆盛
11. 退廃的《たいはいてき》　〔形動〕頹廢的
12. 異色《いしょく》　〔動〕有特色

註釈《ちゅうしゃく》

1. 「万葉集《まんようしゅう》」は759年《ねん》まで数百年間《すうひゃくねんかん》の和歌《わか》を収《おさ》めた日本最古《にほんさいこ》の和歌《わか》集《しゅう》である。約《やく》4500首《しゅ》の和歌《わか》が収《おさ》められ、素朴《そぼく》な心情《しんじょう》を歌《うた》った和歌《わか》が多《おお》く、今日《こんにち》でも親《した》しまれている。

2. 「源氏物語《げんじものがたり》」は宮廷《きゅうてい》を舞台《ぶたい》にした光源氏《ひかるげんじ》を主人公《しゅじんこう》とする皇族《こうぞく》・貴《き》族《ぞく》の恋愛小説《れんあいしょうせつ》である。光源氏《ひかるげんじ》のモデルは在原業平《ありわらのなりひら》と言《い》われている。

3. 「枕草子《まくらのそうし》」は清少納言《せいしょうなごん》が出仕《しゅっし》していた時《とき》の随筆《ずいひつ》であり、鋭《するど》い美《び》的感受性《てきかんじゅせい》に溢《あふ》れた作品《さくひん》である。

4. 紫式部《むらさきしきぶ》と清少納言《せいしょうなごん》は同時代《どうじだい》の人《ひと》である。清少納言《せいしょうなごん》の方《ほう》が十歳《じゅうさい》ほど年長《ねんちょう》であり、両者《りょうしゃ》は面識《めんしき》があって不仲《ふなか》だったという。

5. 「徒然草《つれづれぐさ》」は鎌倉期《かまくらき》の随筆《ずいひつ》であり、無常観《むじょうかん》に基《もと》づいて人生《じんせい》や自然《しぜん》に対《たい》する深《ふか》い思索《しさく》を記《しる》したものである。

6. 「神皇正統記《じんのうしょうとうき》」は南軍《なんぐん》の将《しょう》・北畠親房《きたはたちかふさ》が記《しる》した歴史哲学書《れきしてつがくしょ》である。神代以来《しんだいいらい》、皇位《こうい》が正理《せいり》によって継承《けいしょう》されてきたことを説《と》いている。

7. 「増鏡《ますかがみ》」は後鳥羽天皇《ごとばてんのう》から後醍醐天皇《ごだいごてんのう》に至《いた》った歴史《れきし》を書《か》いたかな書《が》きの歴史書《れきししょ》である。

8. 「連歌《れんが》」は一首《いっしゅ》の和歌《わか》の上《かみ》の句《く》と下《しも》の句《く》を別人《べつじん》が読《よ》み合《あ》う和歌《わか》である。

9. 俳句《はいく》はもともと滑稽《こっけい》な作風《さくふう》だったが、それを松尾芭蕉《まつおばしょう》が芸術《げいじゅつ》まで高《たか》めた。芭蕉《ばしょう》の作風《さくふう》は詫《わ》び・寂《さび》びを基調《きちょう》とし、繊細《せんさい》な余韻《よいん》を味《あじ》わうものである。

10. 「洒落本《しゃれほん》」は主《おも》に遊郭《ゆうかく》の生活《せいかつ》を描《えが》く作品《さくひん》である。

11. 「滑稽本《こっけいほん》」は庶民《しょみん》の生活《せいかつ》を面白《おもしろ》おかしく描《か》いた作品《さくひん》である。

12. 「川柳《せんりゅう》」は柄井川柳《からいせんりゅう》が始《はじ》めた俳句形式《はいくけいしき》の作品《さくひん》であり、庶民生活《しょみんせいかつ》の滑稽《こっけい》さや社会風刺《しゃかいふうし》を中心《ちゅうしん》とした。

13. 「言文一致運動《げんぶんいっちうんどう》」は中国《ちゅうごく》の白話文運動《はくわぶんうんどう》のようなものであり、二葉亭四迷《ふたばていしめい》が説《と》いた。

14. 「ロマン主義《しゅぎ》」は浪漫主義《ろうまんしゅぎ》とも書《か》く。北村透谷《きたむらとうこく》や島崎藤村《しまざきとうそん》が唱《とな》えたものであり、個人《こじん》の自由《じゆう》や自我《じが》の確立《かくりつ》を基礎《きそ》にすえた。

15. 「自然主義《しぜんしゅぎ》」は日露戦争後《にちろせんそうご》の文芸思潮《ぶんげいしちょう》であり、現実描写《げんじつびょうしゃ》と個人《こじん》の内面《ないめん》を重視《じゅうし》した。

16. 三島由紀夫《みしまゆきお》は尊王思想《そんのうしそう》を重視《じゅうし》し、敗戦《はいせん》で失《うしな》われた日本人《にほんじん》の精神《せいしん》的復活《てきふっかつ》を願《ねが》っていた。自《みずか》ら「盾《たて》の会《かい》」という国防団体《こくぼうだんたい》を作《つく》り、東京市ヶ谷《とうきょういちがや》の自衛隊本部《じえいたいほんぶ》で自衛隊《じえいたい》に決起《けっき》を促《うなが》したが果《は》たせず、割腹自殺《かっぷくじさつ》した。

重要文型《じゅうようぶんけい》

1. 〜が進《すす》むと、…になる

① 飲酒《いんしゅ》が進《すす》むと肝硬変《かんこうへん》になる。

② 食欲《しょくよく》が進《すす》むと豚《ぶた》になる。

2. 〜による…が興隆《こうりゅう》した

① 知識人《ちしきじん》による滅満興漢運動《めつまんこうかんうんどう》が興隆《こうりゅう》した。

② 民衆《みんしゅう》による新文化《しんぶんか》が興隆《こうりゅう》した。

3. 〜と並《なら》んで…

① 紫式部《むらさきしきぶ》は清少納言《せいしょうなごん》と並《なら》んで日本《にほん》の代表的女流作家《だいひょうてきじょりゅうさっか》である。

② 情報化社会《じょうほうかしゃかい》に向《む》けて日本《にほん》はアメリカと並《なら》んでスタートした。

4. 〜に加《くわ》えて…

① 砂糖《さとう》に加《くわ》えて醤油《しょうゆ》を少々《しょうしょう》入《い》れます。

② この計画《けいかく》には営業部《えいぎょうぶ》に加《くわ》えて社会部《しゃかいぶ》も参加《さんか》します。

5. 〜以外《いがい》に…

① 彼《かれ》の交際相手《こうさいあいて》には会社員以外《かいしゃいんいがい》に暴力団《ぼうりょくだん》もいる。

② 彼《かれ》は台湾料理以外《たいわんりょうりいがい》に何《なに》も食《た》べない。

練習《れんしゅう》

1．重要文型《じゅうようぶんけい》を参考《さんこう》にして、短文《たんぶん》を作《つく》りなさい。

（1）～が進《すす》むと、…になった

（2）～による…が興隆《こうりゅう》した

（3）～と並《なら》んで…

（4）～に加《くわ》えて…

（5）～以外《いがい》に…

2．次《つぎ》の質問《しつもん》に日本語《にほんご》で答《こた》えなさい。

（1）奈良時代《ならじだい》、主《おも》な漢文学者《かんぶんがくしゃ》は誰《だれ》と誰《だれ》ですか。

（2）平安時代《へいあんじだい》、どんな和歌集《わかしゅう》がありましたか。

(3) 平安時代《へいあんじだい》の代表的文学《だいひょうてきぶんがく》は何《なん》ですか。

(4) 鎌倉時代《かまくらじだい》にはどんな文学《ぶんがく》が現《あらわ》れましたか。

(5) 鎌倉時代《かまくらじだい》、どんな随筆《ずいひつ》がありましたか。

(6) 南北朝期《なんぼくちょうき》にはどんな文学《ぶんがく》が起《お》こりましたか。

(7) 江戸時代《えどじだい》の初《はじ》め、どんな文学《ぶんがく》が栄《さか》えましたか。

(8) 近代《きんだい》になって、どんな文学運動《ぶんがくうんどう》が起《お》こりましたか。

(9) 近代《きんだい》の代表的文学者《だいひょうてきぶんがくしゃ》は誰《だれ》と誰《だれ》ですか。

(10) 日本人《にほんじん》のノーベル文学賞受賞者《ぶんがくしょうじゅしょうしゃ》は誰《だれ》と誰《だれ》ですか。

第15課《だいじゅうごか》　日本《にほん》の経済《けいざい》

日本経済《にほんけいざい》が第二次大戦前《だいにじたいせんまえ》の水準《すいじゅん》に回復《かいふく》したのは1950年《ねん》の朝《ちょう》鮮戦争《せんせんそう》による特需《とくじゅ》（註1）のためだった。その後《ご》日本経済《にほんけいざい》は1958年《ねん》から61年《ねん》までの岩戸景気《いわとけいき》、62年《ねん》から64年《ねん》までのオリンピック景気《けいき》、65年《ねん》から70年《ねん》までのいざなぎ景気《けいき》と好景気《こうけいき》が続《つづ》き（註2）、毎年平均《まいとしへいきん》10％の経済成長率《けいざいせいちょうりつ》を記録《きろく》し、先進国《せんしんこく》の仲間入《なかまい》り1を果《は》たした。特《とく》に石油化学《せきゆかがく》、自動車《じどうしゃ》、家電製品《かでんせいひん》などの製造業《せいぞうぎょう》が成長《せいちょう》し、GDPは1968年《ねん》に自由主義世界第二位《じゆうしゅぎせかいだいにい》に躍進《やくしん》した。それに伴《ともな》って高学歴化《こうがくれきか》が進《すす》み、人的資源《じんてきしげん》が蓄積《ちくせき》するようになった。

1973年《ねん》に中東戦争《ちゅうとうせんそう》で第一次石油危機《だいいちじせきゆきき》が起《お》こると生産《せいさん》が低下《ていか》し、翌年戦後初《よくとしせんごはじ》めてマイナス成長《せいちょう》2を記録《きろく》したが、省《しょう》エネ、技術革新《ぎじゅつかくしん》が相次《あいつ》ぎ、いち早《はや》く3危機《きき》を脱《だっ》した。1979年《ねん》第二次石油危《だいにじせきゆき》機《き》が起《お》こり、高度成長期《こうどせいちょうき》は終焉《しゅうえん》4を迎《むか》え5、安定成長期《あんていせいちょうき》へ移行《いこう》6した。

日本《にほん》は輸出《ゆしゅつ》に依存《いぞん》していたため、日本経済《にほんけいざい》が成長《せいちょう》すると各国《かっこく》との間《あいだ》で貿易不均衡問題《ぼうえきふきんこうもんだい》が起《お》こった。特《とく》にアメリカは日本製品《にほんせいひん》の輸出規制《ゆしゅつきせい》、農作物《のうさくもつ》の市場開放《しじょうかいほう》、公共事業《こうきょうじぎょう》の米資本参入《べいしほんさんにゅう》などを強《つよ》く求《もと》めた（註3）。そのため円高《えんだか》が進行《しんこう》して、日本経済《にほんけいざい》は円高《えんだか》不況《ふきょう》に見舞《みま》われた。これに対《たい》して日本《にほん》は内需拡大《ないじゅかくだい》[7]を図《はか》ると共《とも》に、海外直接投資《かいがいちょくせつとうし》を増加《ぞうか》させて乗《の》り切《き》った[8]。

1980年代後半《ねんだいこうはん》から、いわゆる「バブル景気《けいき》」が起《お》こった。バブル景気《けいき》は「地価《ちか》は絶対《ぜったい》に[9]下《さ》がら[10]ない」という神話《しんわ》にささえられた[11]ものであり、景気拡大《けいきかくだい》と金利低下《きんりていか》[12]によって株価《かぶか》[13]は急上昇《きゅうじょうしょう》[14]し（註 4）、都市圏《としけん》から地方圏《ちほうけん》まで地価《ちか》[15]が巨額《きょがく》に膨《ふく》れ上《あ》がって[16]行《い》った。だが、90年代《ねんだい》にバブルが弾《はじ》け[17]、地価《ちか》・株価《かぶか》の大幅《おおはば》な下落《げらく》、不良債権《ふりょうさいけん》などで日本経済《にほんけいざい》は今《いま》なお迷走《めいそう》[18]している。

新出単語《しんしゅつたんご》

1．仲間入《なかまい》り　〔名・動／する〕列入～行列

2．マイナス成長《せいちょう》　〔複合名詞〕負成長

3．いち早《はや》く　〔副〕很快地

4．終焉《しゅうえん》　〔名・動／する〕終了

5．迎《むか》える　〔動〕迎接，面臨

6．移行《いこう》　〔名・動／する〕轉移

7．内需拡大《ないじゅかくだい》　〔複合名詞〕國內需要

8．乗《の》り切《き》る　〔動〕突破

9．絶対《ぜったい》に　〔副〕絕對

10．下《さ》がる　〔動〕降低

11．ささえる　〔動〕支撐

12．金利低下《きんりていか》　〔複合名詞〕利率降低

13．株価《かぶか》　〔名〕股票價格

14．急上昇《きゅうじょうしょう》　〔名・動／する〕急劇上漲

15．地価《ちか》　〔名〕地價

16．膨《ふく》れ上《あ》がる　〔動〕膨脹

17．弾《はじ》ける　〔動〕裂開（崩潰）

18．迷走《めいそう》　〔名・動／する〕迷惑

註釈《ちゅうしゃく》

1. 当時《とうじ》、自由主義陣営《じゆうしゅぎじんえい》と共産主義陣営《きょうさんしゅぎじんえい》の対立《たいりつ》が始《はじ》まっており、アメリカは日本《にほん》にアジアの共産主義《きょうさんしゅぎ》に対《たい》する防波堤《ぼうはてい》の役割《やくわり》を期待《きたい》するようになったため、日本《にほん》を復興《ふっこう》させる方針《ほうしん》に切《き》り替《か》え、軍需品《ぐんじゅひん》を日本《にほん》から買《か》った。

2. 無論《むろん》、この間《かん》は平坦《へいたん》な道《みち》のりではなかった。1949年《ねん》には国鉄職員《こくてつしょくいん》の十万人削減政策《じゅうまんにんさくげんせいさく》に対《たい》して、下山総裁《しもやまそうさい》が惨殺《ざんさつ》される下山事件《しもやまじけん》や三鷹事件《みたかじけん》、松川事件《まつかわじけん》などが起《お》こり、1952年《ねん》には労働者《ろうどうしゃ》と警官隊《けいかんたい》が皇居前広場《こうきょまえひろば》で衝突《しょうとつ》して多数《たすう》の死傷者《ししょうしゃ》を出《だ》すメーデー事件《じけん》が起こった。政府《せいふ》はこれを機《き》に破壊活動防止法《はかいかつどうぼうしほう》を制定《せいてい》して労働者《ろうどうしゃ》を弾圧《だんあつ》すると、1954年《ねん》には全日本労働組合《ぜんにっぽんろうどうくみあい》が結成《けっせい》された。

3. 日本製品《にほんせいひん》の中《なか》でも特《とく》に繊維産業《せんいさんぎょう》がアメリカの国内産業《こくないさんぎょう》を圧迫《あっぱく》していたため、アメリカは日本《にほん》の自粛《じしゅく》を求《もと》めた。また、家庭用《かていよう》テレビや鉄鋼《てっこう》で日本企業《にほんきぎょう》がダンピングして市場《しじょう》を広《ひろ》げていた。

4. 例《たと》えば、株価《かぶか》は2003年現在平均《ねんげんざいへいきん》9000円前後《えんぜんご》だが、バブル期《き》には平均《へいきん》35000円《えん》だった。また、多《おお》くの企業《きぎょう》が没落《ぼつらく》して行《い》く中《なか》、逆《ぎゃく》に好景気《こうけいき》を見《み》せている、所謂《いわゆる》"勝《か》ち組《ぐみ》"もいる。だが、基本的《きほんてき》に言《い》ってこの不況《ふきょう》は金銭《きんせん》が動《うご》いてないことによる不況《ふきょう》であり、日本《にほん》国民《こくみん》は貯蓄《ちょちく》が多《おお》く、西洋《せいよう》のブランド品《ひん》の購買熱《こうばいねつ》も旺盛《おうせい》である。

重要文型《じゅうようぶんけい》

1. ～が低下《ていか》する

① 治療《ちりょう》で血糖値《けっとうち》が低下《ていか》した。

② エイズは免疫力《めんえきりょく》が低下《ていか》する病気《びょうき》です。

2. いち早《はや》く～

① 彼《かれ》は新《あたら》しいベンチャー企業《きぎょう》にいち早《はや》く注目《ちゅうもく》した。

② いち早《はや》く危機《きき》を察《さっ》して脱出《だっしゅつ》した。

3. ～に伴《ともな》って

① 物価上昇《ぶっかじょうしょう》に伴《ともな》って生活《せいかつ》が悪化《あっか》した。

② 国営企業《こくえいきぎょう》の赤字《あかじ》に伴《ともな》って失業者《しつぎょうしゃ》も増大《ぞうだい》した。

4. ～に見舞《みま》われる

① 東京《とうきょう》は朝《あさ》から豪雨《ごうう》に見舞《みま》われている。

② 関東地方《かんとうちほう》は洪水《こうずい》に見舞《みま》われた。

5．～に膨《ふく》れ上《あ》がる

① 借金《しゃっきん》が 300 百億円《ひゃくおくえん》に膨《ふく》れ上《あ》がった。

② 日本《にほん》の対米貿易《たいべいぼうえき》の経常黒字《けいじょうくろじ》は 2 兆《ちょう》ドルに膨《ふく》れ上《あ》がった。

練習《れんしゅう》

1． 重要文型《じゅうようぶんけい》を参考《さんこう》にして、短文《たんぶん》を作《つく》りなさい。

（1） ～が低下《ていか》する

（2） いち早《はや》く～

（3） ～に伴《ともな》って

（4） ～に見舞《みま》われる

（5） ～に膨《ふく》れ上《あ》がる

2. 次《つぎ》の質問《しつもん》に日本語《にほんご》で答《こた》えなさい。

（1）第二次大戦後《だいにじたいせんご》、日本《にほん》はどうして経済《けいざい》が回復《かいふく》しましたか。

（2）戦後《せんご》、日本《にほん》にはどんな好景気《こうけいき》が続《つづ》きましたか。

（3）好景気《こうけいき》の時《とき》、日本《にほん》は毎年何《まいとしなん》%の経済成長率《けいざいせいちょうりつ》を記録《きろく》しましたか。

（4）特《とく》に、どんな部門《ぶもん》が成長《せいちょう》しましたか。

（5）1974年《ねん》にどうしてマイナス成長《せいちょう》を記録《きろく》しましたか。

（6）第二次石油危機後《だいにじせきゆききご》、日本経済《にっぽんけいざい》はどうなりましたか。

（7）日本経済《にほんけいざい》が成長《せいちょう》すると、どんな問題《もんだい》が起《お》こりましたか。

(8) アメリカは日本《にほん》に何《なに》を要求《ようきゅう》しましたか。

(9) 円高進行《えんだかしんこう》で日本経済《にほんけいざい》はどうなりましたか。

(10) バブル景気《けいき》は何《なに》に支《ささ》えられていましたか。

年表《ねんぴょう》

	政治史	文化史
縄		採集経済が中心で、一部農業
文		縄文式土器・磨製石器・骨角器を使用
時		土偶を作り、アニミズムを行う
代		屈葬から伸展葬へ
弥		実用的な弥生式土器の使用
生	57年　後漢光武帝が倭の奴国王に金印授受	銅鐸・銅剣など金属器の使用
時	107年　倭国が後漢に遣いを送る	
代	239年　邪馬台国の卑弥呼が魏に使者を派遣	
大	350年(?)大和朝廷成立	巨大古墳を造営
和	391年大和兵が朝鮮に出兵	372年 百済から七支刀を献じられる
時	478年倭王武が宋に上表	
代	527年　磐井の乱	538年　仏教伝来
	562年　任那滅亡	各地で仏教寺院建築
	607年　遣隋使派遣	聖徳太子の「三経義疏」
	630年　遣唐使派遣	仏教美術の隆盛
	645年　大化の改新	玉虫厨子、天寿国繍帳
	663年　白村江の戦いで日本敗退	百済観音、中宮寺弥勒菩薩
	670年　庚午年籍の作成	高松塚古墳壁画
	672年　壬申の乱	
	701年　大宝律令制定	708年　和同開珎の鋳造
奈	710年　平城京に遷都	
良	718年　養老律令の制定	712年　太安万侶が「古事記」を編纂
時	723年　三世一身法の制定	713年　「風土記」の編纂
代	729年　長屋王の変	720年　舎人親王が「日本書紀」を編纂

	740 年　藤原広嗣の乱	漢文学の興隆　751 年　「懐風藻」
	741 年　国分寺、国分尼寺を建立	大伴家持(?)が「万葉集」を編纂
	743 年　墾田永世私財法の制定	752 年　東大寺盧舎那大仏の開眼供養
	757 年　橘奈良麻呂の変	南都六宗
	757 年　養老律令の施行	鑑真が唐招提寺を建立
	764 年　恵美押勝の乱	仏教美術
	765 年　道鏡が太政大臣禅師に	東大寺日光・月光菩薩、執金剛像
	769年　宇佐八幡の神託事件	新薬師寺十二神将像、興福寺阿修羅像
	784 年　長岡京に遷都	正倉院宝物
		788 年　最澄が比叡山延暦寺を建立
平安時代	794 年　平安京に遷都	修験道の成立
	797 年　続日本紀の編纂	814 年　凌雲集
		818 年　文華秀麗集
	842 年　承和の変	819 年　空海が高野山に金剛峰寺を建立
	858 年　藤原良房が事実上の摂政に	かなの発達
	866 年　応天門の変	六歌仙の活躍
	887 年　藤原基経が関白に	905 年「古今和歌集」が成立
	894 年　遣唐使の廃絶	かな文学の興隆
	901 年　菅原道真が大宰府に左遷	「伊勢物語」、「竹取物語」、
	902 年　荘園整理令	紫式部の「源氏物語」、清少納言の「枕草子」
	919 年　渤海使節が来日	紀貫之の「土佐日記」、紫式部の「紫式部日記」
	935 年　承平・天慶の乱	浄土教の発達
	1016 年　藤原道長が摂政に	源信の「往生要集」
	1019 年　刀伊(女真族)が日本を侵略	慶滋保胤の「日本往生極楽記」
	1028 年　平忠常の乱	末法思想の流行
	1051 年　前九年の役	1053 年　宇治平等院鳳凰堂の建立
		寝殿造りの発達
	1083 年　後三年の役	大和絵・蒔絵が起こる
	1086 年　白河上皇が院政を開始	1124 年　中尊寺金色堂の建立
	1156 年　保元の乱	「今昔物語集」、後白河法皇の「梁塵秘抄」

	1159年	平治の乱	高野山聖衆来迎図、法界寺阿弥陀堂
	1167年	平清盛が太政大臣に	「大鏡」、「栄花物語」、「将門記」、「陸奥話記」
	1180年	以仁王と源氏が挙兵	源氏物語絵巻、信貴山縁起、鳥獣戯画
	1184年	源頼朝が公文所・問注所を設置	
	1185年	壇ノ浦の合戦で平氏が滅亡	
鎌	1192年	源頼朝が鎌倉幕府を開く	新仏教の誕生　法然・親鸞・道元などの活躍
倉	1213年	北条氏が幕政を支配	鴨長明の「方丈記」
時	1221年	承久の乱	有職故実、渡会家行が伊勢神道を大成
代	1232年	貞永式目の制定	文学
	1274年	元朝が日本を侵略(文永の役)	和歌集　新古今和歌集、山家集、金槐和歌集
	1281年	元朝が再び日本を侵略(弘安の役)	慈円の「愚管抄」
	1297年	永仁の徳政令	吉田兼好の「徒然草」
	1317年	文保の御和談	彫刻
	1321年	御醍醐天皇が院政を廃止	東大寺金剛力士像(運慶・快慶)
	1324年	正中の変	絵画
	1331年	元弘の変	蒙古襲来絵巻、北野天神縁起絵巻
	1333年	鎌倉幕府滅亡	源頼朝像
	1334年	後醍醐天皇が建武の新政を開始	
南	1336年	朝廷が南北朝に分裂	北畠親房の「神皇正統記」
北	1338年	足利尊氏が征夷大将軍に	連歌の流行
朝	1341年	元朝に天竜寺船を派遣	二条良基の「菟玖波集」
時	1350年	観応の擾乱	
代	1378年	足利義満が花の御所を造営	
	1392年	南北朝の合一	
室	1401年	遣明船を派遣	禅宗の発展
町	1404年	勘合貿易の開始	五山・十刹の制を整える
時	1419年	応永の外寇	唯一神道の成立
代	1428年	正長の土一揆	宗祇が正風連歌を確立

	1438 年	永享の乱	世阿弥が能楽を大成し、「花伝書」を著す
	1441年	嘉吉の乱	折衷様建築の発達
	1467 年	応仁の乱	
	1485 年	山城の国一揆	1485 年　慈照寺東求堂の建立
	1488 年	加賀の一向一揆	水墨画の隆盛　雪舟、明兆ら
	1543 年	鉄砲の伝来	狩野正信・元信が大和絵の狩野派を興す
	1549 年	宣教師ザビエルの来日	朱子学の流行　桂庵玄樹、南村梅軒ら
	1553 年	川中島の合戦	往来物の流行　「庭訓往来」
	1560 年	桶狭間の戦い	
	1568年	織田信長が入京	
	1573 年	室町幕府の滅亡	
安土桃山時代	1582 年	本能寺の変	城郭建築　姫路城、聚楽第、伏見城
	1585 年	豊臣秀吉が関白に	障壁画　極彩色の濃絵の流行庵待庵
	1587 年	バテレン追放令	侘び茶　千利休が大成
	1588 年	刀狩令	窯業　楽焼、織部焼き、信楽焼き、有田焼
	1590 年	豊臣秀吉が全国を統一	かぶき踊り　出雲阿国
	1592 年	文永の役	活版印刷　慶長勅版、キリシタン版
	1597 年	慶長の役	
	1600 年	関が原の合戦	
江戸時代	1603 年	徳川家康が江戸幕府を開く	朱子学の興隆　林羅山が日本朱子学を確立
	1604 年	糸割符制度	建築　日光東照宮、桂離宮、西本願寺書院
	1609 年	島津氏が琉球を征服	絵画　俵屋宗達の「風神雷神図屏風」
	1609 年	オランダと貿易開始	陶芸　酒井田柿右衛門が赤絵の手法を完成
	1613 年	キリスト教禁止令が全国に	仮名草子が現れる
	1614 年	大阪冬の陣	
	1615 年	大阪夏の陣、元和堰武の到来	
	1615 年	武家諸法度・禁中並公家諸法度を発布	
	1620 年	桂離宮を建立	
	1635 年	参勤交代制の開始	

1637年	島原の乱	
1639年	最後の鎖国令	
1641年	オランダ人を出島に隔離	
1643年	田畑永代売買禁止令	
1649年	慶安のお触書	
1651年	由井正雪の乱	
1657年	明暦の大火	儒学の隆盛
1673年	分地制限令	朱子学者　木下順庵、新井白石
1685年	生類憐みの令	土佐南学派　山崎闇斎の垂加神道
1702年	赤穂浪士の討ち入り	陽明学者　中江藤樹、熊沢蕃山
1703年	近松門左衛門が曽根崎心中を公演	古学派　　山鹿素行、伊藤仁斎・東涯
1709年	新井白石が生類憐みの令を廃止	歴史学の発達
1715年	正徳新令	水戸徳川家の「大日本史」
1716年	八代将軍吉宗が享保の改革を開始	新井白石の「読史世論」
1787年	老中・松平定信が寛政の改革を開始	自然科学
1790年	寛政異学の禁	貝原益軒の「大和本草」、宮崎安貞の「農業全書」
1792年	林子平が「海国兵談」で筆禍	俳句の確立　松尾芭蕉の「奥の細道」
1804年	ロシアのレザノフが長崎に来航	仮名草子　井原西鶴の浮世草子
1806年	薪水給与令	人形浄瑠璃　竹本義太夫、近松門左衛門
1808年	フェートン号事件	国学の発達
1809年	間宮林蔵が間宮海峡を発見	荷田春満、本居宣長、賀茂真淵、平田篤胤
1815年	杉田玄白が「蘭学事始」を著す	蘭学の発達
1825年	異国船打払令	前野良沢らの「解体新書」
1828年	シーボルト事件	伊能忠敬が「大日本沿海輿地全図」を作成
1837年	大塩平八郎の乱	稲村三伯らが蘭日辞書「ハルマ和解」を完成
1839年	蛮社の獄	平賀源内がエレキテルや寒暖計を発明
1841年	老中・水野忠邦が天保の改革を開始	洒落本の流行　山東京伝
1853年	アメリカのペリーが来航	滑稽本　十返舎一九の「東海道中膝栗毛」
1854年	日米和親条約の締結	川柳、狂歌の流行
1854年	日露和親条約の締結	読本　滝沢馬琴の「南総里見八犬伝」
1857年	下田条約	写生画　円山応挙

1858年　井伊直弼が安政の大獄を行う
1860年　桜田門外の変で井伊直弼が暗殺
1862年　坂下門外の変
1862年　生麦事件
1863年　薩英戦争
1864年　蛤御門の変
1864年　四国艦隊下関砲撃事件
1866年　徳川慶喜が十五代将軍に
1867年　徳川慶喜が大政奉還

浮世絵　喜田川歌麿、安藤広重、葛飾北斎
東洲斎写楽ら
文人画　渡辺崋山の鷹見泉石像
銅版画　司馬江漢
歌舞伎の脚本　鶴屋南北の「東海道四谷怪談」
河竹黙阿弥の「白波五人男」
藩学、私塾、寺子屋の普及
尊皇攘夷思想の興隆

明治時代

1868年　戊辰戦争
1868年　江戸無血開城
1868年　五箇条の御誓文を発布
1869年　東京に遷都
1869年　廃仏毀釈が流行
1869年　版籍奉還
1871年　廃藩置県の断行

1872年　学制公布
1873年　徴兵令公布

1874年　板垣退助らが民撰議院設立建白書を提出
1875年　樺太・千島交換条約
1875年　江華島事件
1876年　日朝修好条約の締結
1876年　小笠原諸島を領有
1877年　西南戦争で西郷隆盛が戦死
1878年　大久保利通が暗殺される
1879年　琉球処分
1880年　国会期成同盟の結成
1881年　国会開設の勅諭

西洋思想の流入
1871年　中村正直が「西国立志編」を出版
1872年　福沢諭吉が「学問のすゝめ」を著す
1873年　森有礼が明六社を結成
1879年　植木枝盛が「民権自由論」を出版
1881年　中江兆民が「民約訳解」を出版

1882 年　日本銀行設立
1884 年　秩父事件、甲申事件
1885 年　天津条約の締結
1885 年　内閣制度の制定
1887 年　保安条例公布
1889 年　大日本帝国憲法発布
1890 年　第一回帝国議会
1891 年　大津事件
1894 年　日英通商航海条約の調印
1894 年　日清戦争
1895 年　下関条約の締結
1895 年　三国干渉
1897 年　金本位制の確立
1898 年　日英通商条約の改正
1900 年　義和団事件を鎮圧
1901 年　八幡製鉄所が操業開始
1902 年　第一次日英同盟
1904 年　日露戦争
1905 年　ポーツマス条約
1906 年　鉄道国有法
1910 年　韓国併合条約
1911 年　関税自主権回復
1912 年　明治天皇崩御

国粋主義の出現
1887 年　徳富蘇峰が民友社を設立
1888 年　政教社が「日本人」を発刊
高山樗牛が「太陽」で日本主義を唱える
新文学
坪内逍遥の「小説真髄」
二葉亭四迷の「浮雲」
尾崎紅葉の「金色夜叉」
田山花袋の「蒲団」
夏目漱石の「わが輩は猫である」
演劇　小山内薫が新劇運動を展開
1887 年　岡倉天心が東京美術学校を設立
1887 年　東京音楽学校の設立
絵画　黒田清輝の「湖畔」
彫刻　高村光雲の「老猿」

大正時代

1912 年　第一次護憲運動
1914 年　第一次世界大戦
1915 年　対華二十一か条の要求
1917 年　石井・ランシング協定
1918 年　シベリア出兵
1918 年　米騒動
1918 年　政党内閣の成立

白樺派文学の活躍
武者小路実篤、有島武郎、志賀直哉
耽美派文学　永井荷風、谷崎潤一郎
新思潮派文学　芥川龍之介、菊池寛
プロレタリア文学の台頭
1914 年　横山大観らが日本美術院を再興
1914 年　二科会の結成

1919 年　パリ講和会議　　　新劇　1913 年　島村抱月が芸術座を結成
1920 年　国際連盟に加盟
1920 年　ソ連軍が尼港で日本人を大量虐殺
1921 年　ワシントンで軍縮会議
1921 年　アメリカの圧力で日英同盟を廃棄
1923 年　関東大震災
1924 年　第二次護憲運動
1925 年　普通選挙法、治安維持法の成立
1926 年　大正天皇が崩御

昭和時代

1927 年　金融恐慌
1927 年　中国軍が南京で外国公館を襲撃
1927 年　第一次山東出兵
1928 年　第二次山東出兵
1928 年　中国軍が済南で日本人を大量虐殺
1928 年　満州某重大事件(張作霖爆殺)
1930 年　禁輸出解禁　　　新感覚派文学　横光利一、川端康成
1930 年　ロンドン軍縮会議
1931 年　中国軍が中村大尉一行を虐殺
1931 年　中国軍が万宝山の朝鮮農民を虐殺
1931 年　満州事変勃発
1931 年　禁輸出再禁止
1932 年　第一次上海事変
1932 年　血盟団事件
1932年　満州国建国
1932 年　５・１５事件
1933 年　国際連盟を脱退
1935 年　天皇機関説問題
1936 年　２・２６事件
1937 年　中共軍の謀略により盧溝橋で日中両軍が衝突
1937 年　日独伊防共協定が成立

1937 年　中国保安隊が通州で日本人居留民を計画的に虐殺

1937 年　日本軍が南京を占領

1938 年　国家総動員法

1939 年　日米通商条約の破棄

1940 年　汪兆銘が南京国民党政府を樹立

1940 年　日独伊三国同盟の締結

1940 年　大政翼賛会が発足

1940年　汪政権と日華基本条約調印

1941年　日ソ中立条約の締結

1941 年　米国との交渉開始

1941 年　米国主導でＡＢＣＤ対日包囲網結成

1941 年　米国が対日石油輸出禁止

1941 年　米国が在米日本人資産を凍結

1941 年　米国が対日屑鉄を輸出禁止

1941 年　ソ連によるゾルゲ事件発生

1941 年　ハルノートにより日米戦争が勃発

1942 年　日本がシンガポールを陥落

1943 年　東京で大東亜会議開催

1945 年　米国が東京を大空襲

1945 年　米国が広島と長崎に原爆を投下

1945 年　ソ連が中立条約に違反して対日侵略

1945 年　日本が降伏

1946 年　日本国憲法公布

1947 年　教育基本法、学校教育法の施行

1948 年　極東軍事裁判判決

1950 年　警察予備隊令公布

1951 年　サンフランシスコ平和条約締結

1952 年　メーデー事件

1952 年　警察予備隊が保安予備隊に

1954 年　ビキニ水爆実験で第五福竜丸が被爆

1954 年　自衛隊発足

1949 年　湯川秀樹がノーベル賞を受賞

1949 年　日本学術会議が発足

1950 年　文化財保護法

1953 年　ＮＨＫがテレビ放送を開始

1955年　保守合同により、自由民主党が結成
1956年　日ソ共同宣言
1956年　国際連合に加盟
1957年　国連安全保障理事会の非常任理事国に
1960年　日米新安全保障条約の成立　　1963年　東海村で原子力発電を開始
1964年　東京オリンピックが開催
1965年　日韓基本条約
1968年　小笠原諸島が返還される
1970年　大阪で万国博覧会が開催
1970年　日航機よど号事件
1970年　三島由紀夫事件
1971年　ドルショックにより株式大暴落
1972年　日中共同声明
1973年　第一次石油危機
1976年　ロッキード疑獄が発覚し、田中角栄が逮捕
1977年　２００海里漁業専管水域設定
1978年　日中平和友好条約締結
1978年　第二次石油危機
1979年　東京サミット開幕
1981年　北方領土の日を閣議決定
1983年　青函トンネル貫通
1984年　グリコ事件
1984年　新札の発行
1985年　男女雇用機会均等法が成立
1987年　国鉄民営化
1988年　リクルート疑惑
1989年　昭和天皇が崩御

平　1989年　消費税の導入
成　1990年　バブル経済が崩壊
時　1993年　細川連立内閣が発足

代 1994年　松本サリン事件
1995年　阪神・淡路大震災
1995年　地下鉄サリン事件、オウム真理教騒動
1996年　沖縄普天間基地の返還合意
1996年　在ペルー日本大使館がテロリストに占拠
1997年　ウラン再処理工場で事故発生
1997年　北海道拓殖銀行が経営破綻
1997年　山一證券が廃業
1998年　長野冬季オリンピック開催
1998年　和歌山毒入りカレー事件
1998年　長銀と日債銀の一時国有化
1999年　東海村で臨界事故
2001年　北朝鮮の不審船を銃撃
2002年　雪印の偽装肉事件
2002年　ワールドカップ大会が日韓共同で開催
2002年　住民基本台帳ネットワーク
2002年　ノーベル賞で初の日本人二人同時受賞
2002年　北朝鮮が拉致問題を認める
2003年　有事関連法の成立
2003年　自衛隊のイラク派兵

歴代内閣

1.	伊藤博文(第一次)	1885年 12月 22日
2.	黒田清隆	1888年 4月 30日
	三條實美(兼任)	1889年 10月 25日
3.	山縣有朋(第一次)	1889年 12月 24日
4.	松方正義(第一次)	1891年 5月 6日
5.	伊藤博文(第二次)	1892年 8月 8日
	黒田清隆(臨時兼任)	1896年 8月 31日
6.	松方正義(第二次)	1896年 9月 18日
7.	伊藤博文(第三次)	1898年 1月 12日
8.	大隈重信(第一次)	1898年 6月 30日
9.	山縣有朋(第二次)	1898年 11月 8日
10.	伊藤博文(第四次)	1900年 10月 19日
	西園寺公望(臨時兼任)	1901年 5月 10日
11.	桂太郎(第一次)	1901年 6月 2日
12.	西園寺公望(第一次)	1906年 1月 7日
13.	桂太郎(第二次)	1908年 7月 14日
14.	西園寺公望(第二次)	1911年 8月 30日
15.	桂太郎(第三次)	1912年 12月 21日
16.	山本權兵衛(第一次)	1913年 2月 20日
17.	大隈重信(第二次)	1914年 4月 16日
18.	寺内正毅	1916年 10月 9日
19.	原　敬	1918年 9月 29日
	内田康哉(臨時兼任)	1921年 11月 4日

20.	高橋是清	1921年 11月 13日
21.	加藤友三郎	1922年 6月 12日
	内田康哉(臨時兼任)	1923年 8月 25日
22.	山本權兵衛(第二次)	1923年 9月 2日
23.	清浦圭吾	1924年 1月 7日
24.	加藤高明	1924年 6月 11日
	若槻禮次郎(臨時兼任)	1926年 1月 28日
25.	若槻禮次郎(第一次)	1926年 1月 30日
26.	田中義一	1927年 4月 20日
27.	濱口雄幸	1929年 7月 2日
28.	若槻禮次郎(第二次)	1931年 4月 14日
29.	犬養毅	1931年 12月 13日
	高橋是清(臨時兼任)	1932年 5月 16日
30.	齋藤實	1932年 5月 26日
31.	岡田啓介	1934年 7月 8日
32.	廣田弘毅	1936年 3月 9日
33.	林銑十郎	1937年 2月 2日
34.	近衛文麿(第一次)	1937年 6月 4日
35.	平沼騏一郎	1939年 1月 5日
36.	阿部信行	1939年 8月 30日
37.	米内光政	1940年 1月 16日
38.	近衛文麿(第二次)	1940年 7月 22日
39.	近衛文麿(第三次)	1941年 7月 18日
40.	東條英機	1941年 16月 18日
41.	小磯國昭	1972年 7月 22日

42.	鈴木貫太郎	1945年 4月 7日
43.	東久邇宮稔彦王	1945年 8月 17日
44.	幣原喜重郎	1945年 10月 9日
45.	吉田茂(第一次)	1946年 5月 22日
46.	片山哲	1947年 5月 24日
47.	芦田均	1948年 3月 10日
48.	吉田茂(第二次)	1948年 10月 15日
49.	吉田茂(第三次)	1949年 2月 16日
50.	吉田茂(第四次)	1952年 10月 30日
51.	吉田茂(第五次)	1953年 5月 21日
52.	鳩山一郎(第一次)	1954年 12月 10日
53.	鳩山一郎(第二次)	1955年 3月 19日
54.	鳩山一郎(第三次)	1955年 11月 22日
55.	石橋湛山	1956年 12月 23日
56.	岸信介(第一次)	1957年 2月 25日
57.	岸信介(第二次)	1958年 6月 12日
58.	池田隼人(第一次)	1960年 7月 19日
59.	池田隼人(第二次)	1960年 12月 8日
60.	池田隼人(第三次)	1963年 12月 9日
61.	佐藤栄作(第一次)	1964年 11月 9日
62.	佐藤栄作(第二次)	1967年 2月 17日
63.	佐藤栄作(第三次)	1970年 1月 14日
64.	田中角栄(第一次)	1972年 7月 7日
65.	田中角栄(第二次)	1972年 12月 22日
66.	三木武夫	1974年 12月 9日

67. 福田赳夫　1976年12月24日

68. 大平正芳(第一次)　1978年12月7日

69. 大平正芳(第二次)　1979年11月9日

伊東正義(臨時代理)　1980年6月12日

70. 鈴木善幸　1970年7月17日

71. 中曽根康弘(第一次)　1982年11月27日

72. 中曽根康弘(第二次)　1983年12月27日

73. 中曽根康弘(第三次)　1986年7月22日

74. 竹下登　1987年11月6日

75. 宇野宗佑　1989年6月3日

76. 海部俊樹(第一次)　1989年8月10日

77. 海部俊樹(第二次)　1990年2月28日

78. 宮澤喜一　1991年11月5日

79. 細川護熙　1993年8月9日

80. 羽田孜　1994年4月28日

81. 村山富市　1994年6月30日

82. 橋本龍太郎(第一次)　1996年1月11日

83. 橋本龍太郎(第二次)　1996年11月7日

84. 小渕恵三　1998年7月30日

85. 森喜朗(第一次)　2000年4月5日

86. 森喜朗(第二次)　2000年7月4日

87. 小泉純一郎(第一次)　2001年4月26日

88. 小泉純一郎(第二次)　2003年11月19日

國家圖書館出版品預行編目資料

認識日本 / 檜山千秋・王迪著. --初版.--臺北市：鴻儒堂，民 94

面；公分

含索引

ISBN 957-8357-69-9(平裝)

日本語言 — 讀本

803.18 94007015

認識日本

定價：200 元

2005 年(民 94)5 月初版
本出版社經行政院新聞局核准登記
登記證字號:局版臺業字 1292 號

著　　者：檜山千秋・王迪
發 行 人：黃成業
發 行 所：鴻儒堂出版社
地　　址：台北市中正區 100 開封街一段 19 號二樓
電　　話：(02)2311-3810・(02)2311-3823
電話傳真機：(02)23612334
郵政劃撥：01553001
E —mail：hjt903@ms25.hinet.net

法律顧問:蕭雄淋律師